Los Dos Hidalgos de Verona

Por

William Shakespeare

DRAMATIS PERSONÆ

EL DUQUE DE MILÁN, padre de Silvia

VALENTÍN, los dos hidalgos

PROTEO

ANTONIO, padre de Proteo

TURIO, grotesco rival de Valentín

EGLAMUR, comp`lice de Silvia en su evasión

RELAMPAGO, criado gracioso de Valentín

LANZA, criado gracioso de Proteo

PANTINO, criado gracioso de Antonio

POSADERO, donde Julia se aloja en Milán

LOS BANDIDOS, tres compañeros de Valentín

JULIA, amada de Proteo

SILVIA, amada de Valentín

LUCIA, doncella de Julia

CRIADOS Y MÚSICOS

Escena: Verona, Milán y las fronteras de Mantua

Acto primero

Escena primera

Verona. -Una plaza pública

Entran VALENTÍN y PROTEO

VALENTÍN. -Cesa de persuadirme, querido Proteo. La juventud casera tiene siempre gustos caseros. Si un respetable afecto no encadenase tus años mozos a las dulces miradas de tu honorable amada, más bien solicitaría tu compañía para contemplar, lejos de la patria, las maravillas del mundo, pues viviendo la hastiada monotonía del hogar, consumes tu juventud en ociosidades sin relieve. Pero puesto que amas, continúa amando, y sé tan feliz en tus amores como para mí deseo cuando ame a mi vez.

PROTEO. -¿De modo que te marchas? Pues ¡adiós!, querido Valentín. Piensa en tu amigo Proteo cuando encuentres algo extraordinario, digno de nota, en tu travesía. Tenme presente en los momentos de dicha, cuando todo vaya bien. Y en tus peligros, si te rodearan, encomienda tus infortunios a mis santas oraciones, pues seré tu rogador, Valentín.

VALENTÍN. -¿Y rogarás por mi éxito en un devocionario de amor?

PROTEO. -Rogaré por ti en cierto libro que amo.

VALENTÍN. -Sin duda, en alguna frívola historia de un amor profundo, en donde se cuente, por ejemplo, cómo el joven Leandro atravesó a nado el Helesponto.

PROTEO. -Que es la profunda historia de un sentimiento de los más profundos. ¡Como que Leandro se hundió por considerar el amor por encima de sus zapatos!

VALENTÍN. -Es verdad; pero tú has colocado las botas por encima del amor, y todavía no se sabe que pasarás a nado el Helesponto.

PROTEO. -¿Por encima de las botas? No me hagas, pues, que dé un bote.

VALENTÍN. -No, no lo deseo; he hecho por ti voto de compasión.

PROTEO. -¿Por qué?

VALENTÍN. -Por estar enamorado. Amar es comprar desprecios con lamentos; miradas de desdén con suspiros de dolor; es cambiar por un instante de placer veinte noches de ansiedades y desvelos. Si se triunfa, cara cuesta la victoria. Si se nos engaña, sólo conservaremos desastres. ¿Qué queda, pues, del amor? Una tontería conseguida a fuerza de ingenio o un ingenio vencido por la tontería o la locura.

PROTEO. -En resumen, que me crees loco porque estoy enamorado.

VALENTÍN. -En resumen, que si no estás loco lo estarás.

PROTEO. -Te burlas del amor, y yo no soy Amor.

VALENTÍN. -El amor es tu amo, pues te esclaviza, y quien sufre el yugo de un loco, no merece, a mi juicio, que se le tenga por cuerdo.

PROTEO. -Sin embargo, dicen los autores que el amor ardiente se encuentra en las inteligencias más privilegiadas, como el gusano roedor en los más lozanos capullos.

VALENTÍN. -Y también dicen que así como el gusano roe el capullo más precoz antes de abrirse, así el amor trastorna la inteligencia joven y apasionada. Marchita en flor, ve desaparecer su lozanía primaveral y, con ella, toda esperanza de un porvenir brillante. Pero en fin, ¿a qué perder tiempo en aconsejar a un esclavo de apetitos amorosos? Por última vez, adiós. Mi padre me espera en el puerto para presenciar mi embarco.

PROTEO. -Te voy a acompañar, Valentín.

VALENTÍN. -Querido Proteo, no. Despidámonos ahora. Escríbeme a Milán. Comunícame tus conquistas y cuanto ocurra por aquí mientras falta tu amigo, que también promete escribirte.

PROTEO. -¡Pues felicidades en Milán!

VALENTÍN. -¡Las mismas te deseo en casa! Conque ¡adiós! (Sale.)

PROTEO. -Él va en pos del honor, yo del amor. Abandona a sus amigos para hacerse más digno de ellos. Yo abandono por el amor a mis amigos, a mí mismo y a todo. ¡Tú, Julia, tú me has metamorfoseado! Por ti he descuidado mis estudios perdido mi tiempo, desatendido los buenos consejos: despreciado el mundo, debilitado con ilusiones mi inteligencia y en- fermado mi corazón con inquietudes. (Entra RELÁMPAGO.)

RELÁMPAGO. -¡Señor Proteo salud! ¿Visteis a mi amo?

PROTEO. -Acaba de irse para embarcarse rumbo a Milán.

RELÁMPAGO. -Veinte contra uno, entonces, a que se ha embarcado ya, y al perderle me he portado como un carnero.

PROTEO. -Verdaderamente, en ocasiones se pierde el carnero a poco que le abandone su amo.

RELÁMPAGO. -¿De lo cual deducís que mi amo es un pastor y yo un carnero?

PROTEO. -Claro.

RELÁMPAGO. -Luego vele yo o duerma, mis cuernos le pertenecen.

PROTEO. -Respuesta estúpida y muy digna de un carnero.

RELÁMPAGO. -Lo que prueba que lo soy.

PROTEO. -Y tu amo el pastor.

RELÁMPAGO. -Lo niego por una razón.

PROTEO. -Te lo probaré con otra.

RELÁMPAGO. -El pastor busca el carnero, y no el carnero al pastor; yo busco a mi amo, y mi amo no me busca a mí; luego no soy, carnero.

PROTEO. -El carnero, por un puñado de hierba, sigue al pastor; el pastor, para comer, no sigue al carnero; tú sigues a tu amo por la paga; tu amo no te sigue; luego se sigue que tú eres el carnero.

RELÁMPAGO. -Otra prueba como esa y me vais a oír el bee.

PROTEO. -Pero ¿me atiendes? ¿Entregaste mi carta a Julia?

RELÁMPAGO. -Sí, señor. Yo, carnero descarriado, entregué vuestra carta a esa apacible oveja, y esa apacible oveja nada dio por su trabajo al carnero descarriado.

PROTEO. -Una pastura te hubiera sentado bien.

RELÁMPAGO. -Que ella me dé la pastura, pero entregadme vos la pasta.

PROTEO. -Bueno. ¿Qué te ha dicho? Desembucha.

RELÁMPAGO. -Desembuchad vos el bolsillo, a fin de que se exhiban a la vez vuestro dinero y mi mensaje.

PROTEO. -(Dándole dinero.) Toma, ahí tienes por tu trabajo. Pero ¿qué te ha dicho?

RELÁMPAGO. -Francamente, no creo que la conquistéis.

PROTEO. -¿Por qué? ¿Es que te ha dejado entrever...?

RELÁMPAGO. -No me ha dejado entrever nada, ni aun siquiera un ducado, por entregarla vuestra misiva. Pero por la dureza que ha demostrado con el portador, presumo cómo se ha de portar. Dadle piedras por regalos, ya que es tan dura como el acero.

PROTEO. -¡Pero qué! ¿Nada te ha dicho?

RELÁMPAGO. -Ni siquiera un «Toma eso por tu trabajo». Agradezco las monedas que acabáis de entregarme, pero en lo sucesivo dignaos llevar vos mismo vuestras cartas. De manera, señor, que os encomendaré a los buenos recuerdos de mi amo.

PROTEO. -Anda, anda, date prisa y libra del naufragio al buque que te lleve. No naufragará mientras estés a bordo mereces la muerte en tierra firme. (Sale RELÁMPAGO) Mandaré a un mensajero más hábil. Temo que Julia rechace mis cartas si se las entrega un cartero tan idiota. (Sale.)

Escena II

El mismo lugar. -En el jardín de julia

Entran JULIA y LUCÍA

JULIA. -Vamos a ver, Lucia, ahora que estamos solas: ¿me aconsejarías caer en amores?

LUCÍA. -Con tal que cayerais sin sentido...

JULIA. -A tu parecer, ¿cuál de los hidalgos que me cortejan crees más digno de mi amor?

LUCÍA. -Decid de nuevo sus nombres y os daré mi opinión.

JULIA. -¿Qué piensas del apuesto caballero Eglamur?

LUCÍA. -Que es un buen tipo, elegante y de lenguaje correcto, pero en vuestro lugar no lo elegiría.

JULIA. -Y del rico Mercurio, ¿qué me dices?

LUCÍA. -Que están bien sus riquezas, pero así así su persona.

JULIA. -¿Qué piensas de Proteo?

LUCÍA. -¡Jesús, Dios mío! ¡Qué grande es la locura humana!

JULIA. -¿Qué te pasa? ¿Por qué tanta emoción al pronunciar su nombre?

LUCÍA. -Perdón, querida señora. Verdaderamente, yo no soy quién para juzgar así a caballeros tan amables.

JULIA. -Y ¿Por qué no a Proteo igual que a los demás?

LUCÍA. -Porque le creo el mejor de los buenos.

JULIA. -¿La razón?...

LUCÍA. -La de una mujer. Le creo así porque así lo creo.

JULIA. -¿Y me aconsejarías amarle?

LUCIA. -Sí, si le consideráis digno de vuestro amor.

JULIA. -Pero me resulta el más indiferente de todos.

LUCÍA. -Pues es el que os ama con más sinceridad.

JULIA. -Quien es tan parco en palabras no amará mucho.

LUCÍA. -Los fuegos concentrados son los que abrasan.

JULIA. -Los que no saben manifestar su pasión no aman.

LUCÍA. -¡Oh! Menos aman los que pregonan por todas partes sus amores.

JULIA. -Quisiera saber su pensamiento.

LUCÍA. -Pues leed este papel, señora.

(Dándole una carta.)

JULIA. -«A Julia.» ¿De quién es?

LUCÍA. -Por el contenido lo sabréis.

JULIA. -Dime, dime, ¿quién te la dio?

LUCÍA. -El paje del caballero Valentín, a quien Proteo se la entregó para vos. El paje os la hubiera dado a vos misma, pero encontrándome a mí, la recibí en vuestro nombre. Perdón por la falta, os ruego.

JULIA. -¡Bonito papel has representado! ¡Vaya! ¿Conque te atreves a encargarte de cartas amorosas y conspirar en secreto contra mí? ¡Pues créeme: es un papel muy digno de ti, y tú lo más a propósito para desempeñarlo! Toma este papel y devuélvelo, inmediatamente o jamás te presentes ante mí!

LUCÍA. -Abogar por el amor merece mejor recompensa que el odio.

JULIA. -¿Quieres marcharte?

LUCÍA. -Sí, os dejaré meditar... (Sale.)

JULIA. -Y, sin embargo debí haber leído la carta. Pero me avergüenza llamar a Lucía e incurrir en la misma falta por la que acabo de reprenderle. ¡También es tontería suya, sabiendo que soy una joven, no haber insistido hasta obligarme a leer el billete! ¿No sabe que por pudor decimos muchas veces no, aunque estamos deseando que ese no se interprete por un sí? ¡Lástima, lástima! ¡Qué testarudo y caprichoso es el amor! Es como un niño, de teta, que araña a su nodriza y un instante después besa humildemente sus pechos. He despedido de mal humor a Lucía y no estaba deseando sino que se quedase. Me he mostrado arisca cuando un gozo interior inundaba de alegría toda mi alma. Y ahora tengo que llamar de nuevo a Lucía y pedirle perdón de mi falta. ¡Eh! ¡Lucía!... (Vuelve a entrar LUCÍA.)

LUCÍA. -¿Que desea la señorita?

JULIA. -¿Es ya hora de comer?

LUCÍA. -Quisiera que fuera para veros descargar vuestra cólera en la comida y no en vuestra doncella.

JULIA. -¿Qué es eso que recoges tan aprisa?

LUCÍA. -Nada.

JULIA. -¿Por qué te has inclinado al suelo?

LUCÍA. -Nada que me interese.

JULIA. -Pues que recoja ese papel mentiroso aquel a quien interese.

LUCÍA. -Para quien le interese no contendrá sino sinceridades, si bien se interpreta.

JULIA. -Algunos versos que te escribe un amante.

LUCIA. -Si queréis que los interprete, dadme entonación y nota para cantarlos.

JULIA. -No entiendo de eso. Puedes cantarlas al compás de La antorcha del amor.

LUCÍA. -Ese diapasón es alto para mí.

JULIA. -Deja que vea tu canción. (Coge la carta.)

LUCÍA. -Si queréis, la podemos cantar a dúo.

JULIA. -No hay tenor.

LUCÍA. -Yo hago la parte de Proteo.

JULIA. -¡No quiero que me molestes ya con habladurías. ¡Toma, mira el caso que hago de tu carta! (Rompe la carta.) ¡Márchate y deja los pedazos en el suelo; me enfadaré si los tocas!

LUCIA. -(Aparte.) Aunque mete mucho ruido, no le disgustaría que otra carta volviera a disgustarla. (Sale.)

JULIA. -Y ¿por qué me he enojado tanto?... ¡Qué, odio tengo a mis manos por haber roto tantas frases llenas de amor! ¡Pérfidos zánganos, que habéis tenido la osadía de bañaros en miel, matando con vuestros aguijones a las abejas que la han producido! Quiero besar, en reparación, en uno tras otro, todos esos pedacitos de papel. Este dice «Dulcísima Julia».¡Cruel Julia! Para vengarme de lo ingrata que eres, ¡toma!, arrojo tu nombre contra el suelo. Y llena de desprecio, piso con mis pies tus desdenes. A ver, ¿qué dice éste?: «Proteo, herido de amor.»¡Pobrecito herido! Descansa en mi seno, como en un lecho, hasta que tu herida se cure completamente. Y mientras tanto, deja que imprima en ella un soberano beso. Mas aquí aparece muchas veces el nombre de Proteo...¡No soples, bondadoso viento!¡No me robes ni una sola palabra hasta que encuentre todas las letras de esta carta, a excepción de mi nombre, que un vendaval transporte a una árida roca, amenazadora y terrible, y desde allí lo arroje al irritado mar! ¡Ah! He aquí una línea, que tiene dos veces trazado el suyo: «El infortunado Proteo, el amante Proteo, a la dulce Julia.» Por este último nombre lo voy a rasgar. Pero no, no quiero rasgarlo, ya que se une al suyo, afligido, de un modo tan encantador. Los voy a doblar juntos; así; ahora abrazaos, disputaos como queráis. (Vuelve a entrar LUCÍA.)

LUCIA. -Señora, la comida está dispuesta y vuestro padre os aguarda.

JULIA. -Pues vamos.

LUCIA. -¡Cómo! ¿Dejaremos en el suelo estos indiscretos papeles?

JULIA. -Recógelos, si tienen algún valor para ti.

LUCIA. -Me he comprometido ya con abandonarlos, pero en fin, los recogeré para que no se constipen.

JULIA. -Veo que los aprecias demasiado.

LUCÍA. -Podéis decir lo que veis, como yo veo muchas cosas, aunque creáis que tengo los ojos cerrados.

JULIA. -¡Vamos, vamos! ¿Querrás que nos marchemos? (Salen.)

Escena III

El mismo lugar. -Aposento en casa de Antonio

Entran ANTONIO y PANTINO

ANTONIO. -Dime Pantino,. ¿de tanto interés era lo que te decía en el vestíbulo mi hermano?

PANTINO. -Me hablaba de su sobrino Proteo, vuestro hijo.

ANTONIO. -Y ¿qué te decía de él?

PANTINO. -Dolíase de que vuestra señoría le hiciese permanecer en su ciudad natal, en tanto que otros hombres de estirpe más baja envían lejos a sus hijos en busca de adelantos: unos a probar fortuna en la guerra otros a descubrir remotas islas y otros a estudiar a las Universidades. Para cualquiera de esas carreras dice que es apto vuestro hijo, y me ha rogado que influya cerca de vos para que no le hagáis perder más el tiempo, pues seguramente le molestará en la edad madura no haber viajado cuando era joven.

ANTONIO. -No es preciso que te esfuerces para convencerme, pues desde hace un mes pienso lo mismo, y he reflexionado sobre el tiempo que perdía. Tengo la seguridad de que no será nada, si no adquiere experiencia e instrucción: la experiencia se adquiere con el trabajo y se perfecciona con el tiempo. Y ¿adónde te parece que convendría mandarle?

PANTINO. -Creo que no ignorará vuestra señora que su amigo, el joven Valentín, está al servicio del emperador en su real corte.

ANTONIO. -Lo sé.

PANTINO. -Pues allí creo que convendría enviarle. Se ejercitaría en las justas y, torneos, aprendería el bien decir, alternaría con la nobleza y, en fin, se le identificaría con los ejercicios dignos de su juventud y elevada cuna.

ANTONIO. -Me parece bien tu consejo; es una prudente advertencia, y para probarte lo admirable que la hallo, voy a ponerla en práctica. Mandaré en seguida a mi hijo a la corte del emperador.

PANTINO. -Precisamente mañana don Alfonso y otros varios caballeros distinguidos marchan a saludar al emperador y a ponerse a sus órdenes.

ANTONIO. -Excelente compañía. Proteo marchará con ellos. Y en buena hora llega. Voy a hablarle del asunto. (Entra PROTEO.)

PROTEO. -¡Encantador amor! ¡Encantadoras líneas! ¡Encantadora vida! Aquí está su carta, mensajera de su corazón. Aquí me jura amor eterno y me empeña su palabra. ¡Oh, Julia celestial!

ANTONIO. -¿Qué hay? ¿Qué carta estás leyendo?

PROTEO. -Con permiso de vuestra señoría. Son unas palabras de recomendación que me envía Valentín para un amigo que me ha visitado en su nombre.

ANTONIO. -Déjame esa cara, a ver qué nuevas contiene.

PROTEO. -Nuevas, ninguna, padre; sólo dice Valentín que es dichoso; que todos le quieren y que cada vez le distingue más, el emperador. Y añade que marche a su lado y disfrute con él de su prosperidad.

ANTONIO. -Y ¿cómo acoges tú esa prueba de afecto?

PROTEO. -Como un anhelo cuya realización depende más de vuestra señoría que de las aspiraciones de un amigo.

ANTONIO. -Pues mi voluntad está completamente de acuerdo con su deseo. Si me preguntas por qué procedo tan de repente, te diré que porque así me parece bien, y nada más. He resuelto que permanezcas algún tiempo con Valentín en la corte del emperador Te señalaré la misma pensión que él recibe de su familia. De modo que prepárate a partir mañana temprano, y nada de excusas, pues estoy decidido.

PROTEO. -Pero Señor, ¿en tan pocas hora cómo me voy a preparar? Dadme de término uno o dos días, os lo ruego.

ANTONIO. -Mira, las cosas que necesitas te las enviaremos después. Nada de prórroga; debes salir mañana. Acompáñame, Pantino. Prepárale todo para la marcha. (Salen ANTONIO y PANINO.)

PROTEO. -¡Es decir, que huía del fuego, por no abrasarme, y he caído en el mar, donde me ahogo ¡Temiendo amor, no quise enseñar a mi padre la carta de Julia, y de los mismos motivos de mi pretexto sacó él los medios más contrarios a mi amor.¡Oh! ¡Qué parecida es esta pasión naciente a la belleza insegura de un día de abril! ¡Deja de pronto ver el sol en toda su gloria y al instante una nube lo cubre todo! (Vuelve a entrar PANTINO.)

PANTINO. -Señor Proteo, vuestro padre os llama. Está impaciente. Os ruego tengáis la bondad de venir.

PROTEO. -Nada, está resuelto. Mi corazón tiene que consentir. Y sin embargo me repite mil veces, no (Salen.)

****

Acto segundo

Escena primera

Milán. -Aposento en el palacio del Duque

Entran VALENTÍN y RELÁMPAGO

RELÁMPAGO. -Señor: vuestro guante (entregándole un guante.)

VALENTÍN. -No es mío. Tengo puestos los dos.

RELÁMPAGO. -Perdón; creí que era de vos. Lo hallé casualmente...

VALENTÍN. -¡Ah! ¿A ver? ¡Dámelo! Es mío.¡Adorno encantador, que cubres una mano divina!, ¡Ah, Silvia!¡Silvia!

RELÁMPAGO. -(Gritando.) ¡Doña, Silvia!¡Doña Silvia!

VALENTÍN. -¿Qué haces, majadero?

RELÁMPAGO. -¡No nos oye, señor!

VALENTÍN. -Pero ¿quién te ha dicho que la llames?

RELÁMPAGO. -Vuestra señoría, o mucho me equivoco.

VALENTÍN. -¿Yo? Eres demasiado ligero.

RELÁMPAGO. -Pues no hace mucho me regañabais por ser demasiado lento.

VALENTÍN. -Bien, bien. Pero dime: ¿conoces tu a doña Silvia?

RELÁMPAGO. -¿A la que tanto adoráis?

VALENTÍN. -¿Cómo sabes que la adoro?

RELÁMPAGO. -¡Pardiez! Veréis en qué lo he conocido. Primeramente habéis aprendido, como el señor Proteo, a cruzaros de brazos como un melancólico, a modular una canción de amor como un petirrojo, a pasearos solo como si tuvierais la peste, a gemir como un escolar que ha perdido su abecedario, a plañir como una niña que acaba de enterrar a su abuela, a ayunar como un enfermo puesto a dieta, a velar como si temierais que os robaran, y a hablar con voz lastimera como un pobre en la fiesta de Todos los Santos. Antes se desbordaba vuestra risa como canto del gallo, andabais a paso de león, sólo ayunabais después de comer, y únicamente se os veía triste cuando no teníais dinero. Pero ahora os ha cambiado una dama de tal modo que, por más que os miro, apenas reconozco en vos a mi amo.

VALENTÍN. -¿Todo eso se advierte en mí?

RELÁMPAGO. -Todo eso se advierte en vos a cien leguas.

VALENTÍN. -¿Es posible?

RELÁMPAGO. -Ya lo creo que es posible. Como que esas locuras están dentro de vos de tal manera, que les servís de vaso y a través de vos se las ve brillar como el agua en un orinal. Por eso no hay quien os vea que no conozca vuestra enfermedad tan bien como un médico.

VALENTÍN. -Vaya, hombre; pero dime: ¿conoces a doña Silvia?

RELÁMPAGO. -¿A la que miráis tan fijamente cuando está a la mesa?

VALENTÍN. -¿Lo has notado tú?... Pues sí, de ella, te hablo.

RELÁMPAGO. -Mi querido señor, ¡no la conozco!

VALENTÍN. -¿Has notado que la miraba fijamente, y no la conoces?

RELÁMPAGO. -No carece de señor.

VALENTÍN. -¡Como que tiene, más gracia que belleza!

RELÁMPAGO. -Lo sé de un modo absoluto.

VALENTÍN. -¿Qué sabes tú?

RELÁMPAGO. -Que no es tan bella como la gracia que os ha hecho.

VALENTÍN. -He querido decir que su hermosura es incomparable, pero su gracia infinita.

RELÁMPAGO. -¡Como que la una es hermosura pintada y la otra una gracia sin ninguna gracia!

VALENTÍN. -¡A ver, a ver, explica eso!

RELÁMPAGO. -¿No dicen para alabar a una mujer: «Es tan hermosa que ni pintada»? Pues ahí la tenéis pintada, para colmo de su belleza.

VALENTÍN. -¿Te burlas? ¿Por quién me tomas a mí, que tanto te estimo?

RELÁMPAGO. -Es que no la habéis visto desde que se ha vuelto fea.

VALENTÍN. -¿Desde cuándo es eso?

RELÁMPAGO. -Desde que la amáis.

VALENTÍN. -La amé en cuanto la vi, y siempre la he visto hermosa.

RELÁMPAGO. -Si la amáis no podéis verla.

VALENTÍN. -¿Por qué?

RELÁMPAGO. -Porque Amor es ciego.¡Oh! ¡Que no tengáis mis ojos, o que los vuestros no vean tan claro como cuando reprendíais al señor Proteo por ir sin ligas!

VALENTÍN. -¿Qué vería entonces?

RELÁMPAGO. -Vuestra locura presente y la terrible fealdad de vuestra alma. Porque él, como estaba enamorado, no veía para atar sus calzones; y vos, desde que lo estáis, no veis para poneros los vuestros.

VALENTÍN. -Pues según eso, bribón, debes de estar tú enamorado, porque esta mañana no veías para limpiar mis zapatos.

RELÁMPAGO. -En efecto, señor, estaba enamorado... de la cama. Y os agradezco el haber castigado mi amor con las correas de los estribos. Así me vengaré ahora zurrando el vuestro.

VALENTÍN. -Acabemos. La quiero y basta.

RELÁMPAGO. -¡Ya disminuiría vuestro cariño como os echaran el yugo!

VALENTÍN. -Por cierto que anoche me mandó escribir unos versos para una persona a quien ama.

RELÁMPAGO. -¿Y los habéis compuesto?

VALENTÍN. -Pues claro.

RELÁMPAGO. -Y ¿son pasables?

VALENTÍN. -Así así; he hecho lo que he podido. ¡Silencio! Aquí llega. (Entra SILVIA.)

RELÁMPAGO. -(Aparte.) ¡Oh! ¡Lindos andares! ¡Un maniquí rematado! ¡Ahora la servirá él de intérprete!

VALENTÍN. -Señora mía y dueña: os saludo mil veces.

RELÁMPAGO. -(Aparte.) ¡Atiza! Ya veréis ofrecerle en pago un millón de carantoñas.

SILVIA. -Señor Valentín, mi servidor, yo os saludo dos mil.

RELÁMPAGO. -(Aparte.) Debería él pagar el interés y es ella quien lo paga.

VALENTÍN. -En cumplimiento de vuestro mandato he escrito la carta dirigida al secreto amigo, cuyo nombre no me quisisteis confiar. El encargo era duro; sólo por obedeceros lo he realizado. (Entregándole un papel.)

SILVIA. -Muchas gracias, amable servidor. La carta está admirablemente escrita.

VALENTÍN. -Pues creedme, señora; me ha costado algún trabajo, porque como ignoraba a quién iba dirigida he tenido que escribir al azar y no muy seguro de lo que hacía.

SILVIA. -¿Creéis, por ventura, que os ha costado un trabajo en extremo excesivo?

VALENTÍN. -No, señora; si ello os causa complacencia, mandad y escribiré mil veces otro tanto. Y sin embargo...

SILVIA. -¡Un lindo período! Bien adivino lo que sigue. Y sin embargo no lo diré. Y sin embargo me es indiferente. Y sin embargo tomad esto otra vez. Y sin embargo os lo agradezco. No volveré a importunaros en lo sucesivo.

RELÁMPAGO. -(Aparte.) Y sin embargo todavía os importunaré y os embargaré con otros sin embargos.

VALENTÍN. -¿Qué queréis decir, señorita? ¿No os agrada el estilo?

SILVIA. -Sí, sí; son muy lindos vuestros versos, pero puesto que los habéis escrito a disgusto, tomadlos, quedaos, con ellos. (Le entrega la carta.)

VALENTÍN. -Señora, son para vos.

SILVIA. -Sí, sí, caballero; ya sé que los habéis escrito a instancia mía, pero no los quiero; para vos. Yo los hubiera preferido más apasionados.

VALENTÍN. -Si me lo permitís, señorita, escribiré otros.

SILVIA. -Pues cuando los escribáis, leedlos por mí. Y si os agradan, bien; si no os agradan, también.

VALENTÍN. -Si me agradan, señora, ¿qué hago entonces?

SILVIA. -Pues si os agradan guardadlos por vuestro trabajo. Conque, buenos días, mi servidor. (Sale.)

RELÁMPAGO. -¡Oh, juego de palabras oculto, inescrutable, invisible como la nariz en medio del rostro o como la veleta sobre un campanario!¡Mi amo la galantea, y ella, de discípulo suyo, se cambia en su maestro! ¡No es mala idea! ¡Superiorísima! ¿Se ha visto cosa igual?

VALENTÍN. -¡Eh, eh! ¿Qué estás discurriendo ahí solo?

RELÁMPAGO. -Estaba solas con la rima para dejaros el pensamiento.

VALENTÍN. -¿Qué pensamiento?

RELÁMPAGO. -El que necesitáis para servir de intérprete a doña Silvia.

VALENTÍN. -¿Para con quién?

RELÁMPAGO. -Para con vos mismo. Pues os hace el amor por medio de enigmas.

VALENTÍN. -¿Cómo enigmas?

RELÁMPAGO. -Por cartas debí decir.

VALENTÍN. -¿Me ha escrito a mí, acaso?

RELÁMPAGO. -¿Para qué, si ha hecho que os escribierais vos mismo? ¿Es que no habéis comprendido el juego?

VALENTÍN. -Créeme que no.

RELÁMPAGO. -Es extraño, en verdad. Pero ¿no adivinasteis el interés que mostraba al hablaros?

VALENTÍN. -No hizo sino dirigirme palabras de ira.

RELÁMPAGO. -Pero os entrego una carta.

VALENTÍN. -La que escribí yo para su amigo.

RELÁMPAGO. -Y os dio esa carta, y allí acabó el asunto.

VALENTÍN. -¡Ojalá no quede aún lo peor por descifrar!

RELÁMPAGO. -Os lo aseguro, fue como os digo. Os juro que todo esto es tal como lo leí impreso. ¿En qué meditáis, señor? Es hora de comer.

VALENTÍN. -He comido ya.

RELÁMPAGO. -Sí, pero oídme, señor: aunque Amor es una especie de camaleón que puede vivir del aire, yo necesito mi ración y quisiera algo sólido. ¡Oh! No seáis como vuestra dama; conmoveos. (Salen.)

Escena II

Entran PROTEO y JULIA

PROTEO. -Ten paciencia, amable Julia.

JULIA. -Es preciso, cuando no hay remedio.

PROTEO. -Tan pronto como pueda volveré.

JULIA. -Si no cambias volverás antes. Guarda esto en recuerdo de tu Julia. (Le entrega una sortija.)

PROTEO. -Pues entonces haremos un cambio: toma este anillo. (La entrega un anillo.)

JULIA. -Y sellemos el trato con un santo beso.

PROTEO. -He aquí mi mano, en testimonio de mi constancia inalterable. Y Cuando deje pasar un solo instante del día sin suspirar por ti, ¡que me castigue, Julia una irreparable desgracia por el olvido de mi amor! Mi padre me espera. No Puedo detenerme. Llegó la hora de la marea, no la marea de mis lágrimas que me detendría más tiempo.¡Julia, adiós! (Sale JULIA) ¡Como! ¿Sale sin decirme una palabra? ¡Sí, así se manifiesta el amor verdadero! ¡No puede hablar, y mejor que con palabras se muestra la sinceridad con actos! (Entra PANTINO.)

PANTINO. -Señor Proteo, os aguardan.

PROTEO. -Ve; te sigo, te sigo. ¡Ay! ¡La separación hace enmudecer a los amantes! (Salen.)

Escena III

El mismo lugar. -Una calle

LANZA. -¡Pues me apuesto a que se pasa una hora antes que acabe de llorar! Toda la raza de los Lanzas ha tenido este defecto. He recibido, como el hijo pródigo, mi parte de herencia, y voy a acompañar al señor Proteo a la corte del emperador. Para mí que mi perro Crab es el tipo de perro más insensible que hay entre los perros. Mi madre lloraba, mi padre gemía, mi hermana sollozaba, nuestra doncella daba alaridos, nuestra gata se retorcía las manos; en fin, estaba la casa en la mayor desolación. ¡Pues bien! ¿Lo creeríais? Este perro, de corazón de roca, no ha derramado una sola lágrima. Os aseguro que es un mármol, un verdadero pedernal, y que no hay en él más compasión que en un perro.¡Vaya con la criatura! Un judío hubiera llorado al ver nuestra separación. Mi abuela, que no tiene ojos, ha llorado tanto, que las lágrimas le impedían ver. Ahora veréis cómo pasó. Este zapato es mi padre. No, mi padre es el zapato izquierdo... no, no; el zapato izquierdo es mi madre. Pero no es eso, no puede ser... Sí, sí es, sí es eso; es el que tiene peor suela. Pues este zapato agujereado es mi madre, y éste mi padre.¡Esto es tener cabeza! Ya di en el quid. Ahora, señor, este palo es mi hermana, que ya lo veis, es blanca como un lirio y delgada como una varilla. Este sombrero es Ana, nuestra criada. Yo soy el perro... No, el perro es él mismo... Y yo soy el perro...¡Oh! El perro es yo; y yo soy yo mismo; sí, eso es, eso es. Entonces me dirijo a mi padre: «¡Padre, vuestra bendición!» Y echa el zapato a llorar, de tal manera, que las lágrimas le dejan mudo. Beso entonces a mi padre, y se deshace en lágrimas. Voy después a mi madre, ¡oh, pobre mujer, si pudiese ahora hablar! Bien. La beso. «¡Por vida de...!» Eso es, escuchad su respiración cómo va y viene con fuerza. Ahora me acerco a mi hermana.¡Oíd cómo gime! ¡Pues bien! En todo ese tiempo no vierte el perro una lágrima, no articula ni una sola palabra. Y, en cambio, yo,¡ya veis cómo riego el polvo con mi llanto! (Entra PANTINO.)

PANTINO. -¡Lanza, corre, corre a bordo! Ya se embarcó tu amo y debes reunirte con él a fuerza de remos. ¿Qué te pasa? ¿Por qué lloras, hombre? ¡Echa a correr, gran bestia, pues si tardas pierdes lo que traes entre manos!

LANZA. -¿Qué me importa perderlo?

PANTINO. -¿Qué dices?

LANZA. -Hablo de este perro, de mi Crab.

PANTINO. -¡Idiota! Quiero decir que perderás el viaje; con tu viaje, a tu amo, y con tu amo la colocación. Vamos, vete, me han enviado a llamarte...

LANZA. -Llámame como quieras.

PANTINO. -¿Quieres seguirme?

LANZA. -Bueno, te sigo. (Salen.)

Escena IV

Milán. -Aposento en el palacio del duque

Entran VALENTÍN, SILVIA, TURIO y RELÁMPAGO

SILVIA. -¡Servidor!

VALENTÍN. -¡Señorita!

RELÁMPAGO. -(Aparte a VALENTÍN.) Mi amo: el señor Turio os pone malos ojos.

VALENTÍN. -Lo sé; es por amor.

RELÁMPAGO. -Pero no a vos.

VALENTÍN. -Será a mi señora.

RELÁMPAGO. -Yo que vos le aplastaba las narices.

SILVIA. -Mi servidor, os veo triste.

VALENTÍN. -Verdaderamente, señora, lo parezco.

TURIO. -¿Luego parecéis lo que no sois?

VALENTÍN. -Tal vez.

TURIO. -Entonces, ¡disimuláis!

VALENTÍN. -Como vos.

TURIO. -¿Parezco yo algo que no sea?

VALENTÍN. -Cuerdo.

TURIO. -¿Qué soy, pues, que no parezca?

VALENTÍN. -Loco.

TURIO. -¿En qué fundáis mi locura?

VALENTÍN. -En vuestra manera de vestir.

TURIO. -Llevo doble capa.

VALENTÍN. -Razón de más para que haya en vos doble locura.

TURIO. -(Incomodado.) -¡Cómo!

SILVIA. -¿Qué es eso? ¡Os incomodáis, señor Turio! Cambias de color.

VALENTÍN. -Le está permitido, señora. Es una especie de camaleón.

TURIO. -Con más valor para beber vuestra sangre que para vivir de vuestro aire!

VALENTÍN. -¿Habéis dicho, caballero?

TURIO. -Y terminado por ahora.

VALENTÍN. -Lo presumía, caballero; siempre acabáis antes de haber empezado.

SILVIA. -¡Señores: vaya una brillante salva de palabras y un fuego graneado!

VALENTÍN. -Es verdad, señora, y lo agradecemos.

SILVIA. -¿A quién, mi servidor?

VALENTÍN. -A vos, dulce señora, pues vos habéis mandado el fuego. El señor Turio toma su ingenio de las miradas de vuestra señoría y gasta generosamente en vuestra presencia lo que os tomó prestado.

TURIO. -Señor, si con vuestras palabras prestadas pretendéis desafiarme, me parece que va a dar quiebra vuestro ingenio.

VALENTÍN. -Lo sé, caballero; tenéis banca de palabras y creo que es todo lo que podéis dar a vuestros criados. El lamentable estado de su librea indica que sólo con palabras les pagáis.

SILVIA. -Basta, señores, basta. Aquí llega mi padre. (Entra el DUQUE.)

DUQUE. -Vaya, os asedian de cerca, querida Silvia. Señor Valentín, vuestro padre sigue sin novedad. ¿Qué pensaríais si os dijera que he recibido una carta de vuestros amigos llena de excelentes noticias?

VALENTÍN. -Señor, toda la que de ellos venga será acogida por mí con reconocimiento.

DUQUE. -¿Conocéis a vuestro compatriota don Antonio?

VALENTÍN. -Sí, mi señor, y le tengo por persona excelente, de justificada reputación.

DUQUE. -¿No tiene un hijo?

VALENTÍN. -Sí, mi señor, y que merece ciertamente el honor de tener tal padre,

DUQUE. -¿Le conocéis?

VALENTÍN. -Como a mí mismo. Desde la infancia hemos estado juntos, si bien yo he sido un perezoso y he descuidado aprovechar el tiempo para revestir mi edad madura de una perfección completa. No ha sucedido así con Proteo . -que tal es su nombre-, sino que ha empleado con hermosa ventaja sus días. Joven por edad, pero viejo en experiencia; aunque su cabeza es verde, su juicio está maduro. En fin -a pesar de que su mérito está por encima de cuanto pueda decir-, nada le falta en cuanto a persona y talento y reúne todas las cualidades de un perfecto hidalgo.

DUQUE. -¡Caramba! De no fallar el elogio, es tan digno del amor de una emperatriz como apto para consejero de un emperador. Bien, caballero; pues ese hidalgo ha llegado a mi corte, recomendado por grandes potentados, y se propone pasar en ella algún tiempo. Supongo que no os desagradará la noticia.

VALENTÍN. -De haber tenido yo algo que desear hubiera sido su presencia.

DUQUE. -Recibidle como conviene a su mérito, Silvia; contigo hablo, y con vos, señor Turio. En cuanto a Valentín, no necesita mis exhortaciones. Os lo voy a enviar al instante. (Sale.)

VALENTÍN. -Es el joven de quien dije a vuestra señoría que hubiera venido conmigo de no haberle retenido su dama prisioneros los ojos en sus miradas de cristal.

SILVIA. -Tal vez los haya libertado ahora para empeñar en otro su fe.

VALENTÍN. -Seguramente no, señora; pienso que todavía los retiene cautivos.

SILVIA. -Pues entonces está ciego y, siéndolo, ¿cómo ha podido venir hasta vos?

VALENTÍN. -Bien sabéis, señora, que Amor tiene veinte pares de ojos.

TURIO. -Pues hay quien dice que es completamente ciego.

VALENTÍN. -Para los amantes como vos, Turio. Amor cierra los ojos ante un objeto repugnante.

SILVIA. -Basta, basta. Aquí llega el hidalgo. (Entra PROTEO.)

VALENTÍN. -¡Bien venido, querido Proteo! Señorita, os ruego confirméis mi acogida con una distinción especial.

SILVIA. -Su propio valer es garantía de la satisfacción que nos causa con su presencia, si se trata de quien tan frecuentemente habéis deseado tener noticias.

VALENTÍN. -Él es, señorita, y dignaos permitir, hermosa dama, que comporta conmigo el honor de servir a vuestra señoría.

SILVIA. -Poco es el ama para tan distinguido servidor.

PROTEO. -Nada de eso, dulce señora; el servidor es demasiado insignificante para merecer una mirada de dama tan gentil.

VALENTÍN. -Abandona esas modestias. Encantadora señorita, aceptadle por vuestro servidor.

PROTEO. -Será para mí un orgullo colmar los deberes que ese título me impone.

SILVIA. -El cumplimiento del deber halla siempre su recompensa. Mi servidor, bien venido seáis al servicio de tan indigna dama.

PROTEO. -La muerte daría a quien, sin ser vos, dijera eso.

SILVIA. -¿Qué seáis bien venido?

PROTEO. -No; que dijera que sois indigna.

(Entra un CRIADO.)

CRIADO. -Señora, mi señor, vuestro padre, quisiera hablaros.

SILVIA. -En seguida marcho. (Sale el CRIADO.) Acompañadme, señor Turio. Mi nuevo servidor: por segunda vez, mi sincera acogida. Les dejo que hablen de sus asuntos. En cuanto acaben espero que nos volveremos a ver.

PROTEO. -Los dos iremos a presentar nuestros respetos a vuestra señoría. (Salen SILVIA, TURIO y RELÁMPAGO.)

VALENTÍN. -Dime ahora: ¿Cómo Siguen los que acabas de dejar en Verona?

PROTEO. -Tus amigos bien, y te mandan recuerdos.

VALENTÍN. -¿Y los tuyos?

PROTEO. -Los dejé en completa salud.

VALENTÍN. -¿Cómo está la dama de tus pensamientos, y cómo va tu amor?

PROTEO. -Siempre te molestaron mis confidencias amorosas. Como no te gustan las conversaciones de amor...

VALENTÍN. -Sí, Proteo; pero son otras mis ideas. He expiado cruelmente los desdenes que tuve con el amor. Emperador y dueño absoluto de todos mis pensamientos, me ha castigado con amargos ayunos y con gemidos de penitencia. He derramado lágrimas por la noche y exhalado de día dolorosos suspiros. Para vengarse de mi antiguo desprecio, el amor ha desterrado el sueño de mis ojos, haciéndoles velar las aflicciones de mi corazón.¡Oh, gentil Proteo! El amor es un señor poderoso. Me ha humillado hasta el punto que no hallo sufrimiento que iguale a sus castigos, aunque no hay placer en la Tierra comparable a la dicha de servirle. Ahora no hablo si no es de amor. Ahora puedo almorzar, comer, cenar y dormir con sólo el nombre de Amor.

PROTEO. -Basta; se retrata en tus ojos la felicidad. ¿Es tu ídolo la persona que acabo de ver?

VALENTÍN. -La misma; y ¿no es un ángel del cielo?

PROTEO. -No; pero es una maravilla terrestre.

VALENTÍN. -Llámala divina.

PROTEO. -No quiero adularla.

VALENTÍN. -¡Oh!, adúlame a mí, pues el amor se complace con exaltar el objeto amado.

PROTEO. -Cuando yo estaba enfermo me dabas amargas píldoras y ahora debo yo administrártelas.

VALENTÍN. -Entonces di sobre ella la verdad. Si no es divina, confiesa a lo menos que es la primera entre todas las mujeres, la soberana de todas las criaturas de la Tierra.

PROTEO. -Excepto mi adorada.

VALENTÍN. -Querido, no exceptúes a nadie, y si a alguien exceptúas, exceptúa mi amor.

PROTEO. -¿No tengo razón para preferir a la que amo?

VALENTÍN. -Y yo la exaltaré, además, a tus propios ojos. Se ensalzaría con este alto honor...., con levantar la cola del vestido de mi soberana, por temor de que la indigna tierra se atreviese a besar sus ropas, y enorgullecida por tal favor desdeñase procurar sus nutritivas sustancias a las flores del verano e hiciera de este modo eterno el invierno.

PROTEO. -Querido Valentín, ¿qué tonterías son ésas?

VALENTÍN. -Perdóname, Proteo. Cuanto pudiera decir es nada comparado con aquella cuyo mérito ofusca todos los demás. Es sola.

PROTEO. -Entonces déjala sola.

VALENTÍN. -¡Ni por el mundo entero! ¡Qué! Es mía únicamente, hombre. Y la posesión de esa joya me hace más rico que si poseyera veinte océanos cuyos granos de arena fuesen todos perlas, el agua néctar y las rocas oro purísimo. Dispensa que, absorto en mi amor, no me ocupe de ti. Ha salido acompañada de mi estúpido rival, de quien tan sólo hace caso su padre por sus muchas riquezas, y me es preciso ir a su encuentro, pues ya sabes que el amor es por demás celoso.

PROTEO. -¿Pero ella te ama?

VALENTÍN. -Sí, y estamos de acuerdo; porque además hemos convenido el momento de nuestro enlace y el medio hábil de efectuar nuestra fuga. He de escalar su ventana con una escala de cuerda, y todo está preparado y pronto para nuestra felicidad. Querido Proteo, ven conmigo a mi cuarto para ayudarme con tus consejos en este asunto.

PROTEO. -Anda tú delante; luego iré yo. Tengo que llegarme al puerto a desembarcar algunas cosas que necesito. Y entonces me tendrás a tu disposición.

VALENTÍN. -¿Te darás prisa?

PROTEO. -Sí. (Sale VALENTÍN.) ¡Con qué facilidad un ardor apaga otro ardor! Así como un clavo saca otro clavo, así también un nuevo amor me ha hecho perder la ilusión de mi amor primero. ¿A quién debo acusar de la turbación que sufre mi mente? ¿A mis ojos, a los elogios de Valentín, a las perfecciones de esa nueva hermosura o a mi inconstancia? Verdaderamente, Silvia es bella; pero ¿acaso no lo es también Julia, a quien amo? Es decir, a quien amaba; porque ahora mi amor, semejante a una figura de cera que se aproxima a las llamas, se ha derretido como hielo, sin conservar señal alguna de lo que era. Diría que se ha entibiado mi amistad por Valentín y que ya no le estimo como antes.¡Oh! Pero amo con demasiado exceso a su adorada, y ésta es la razón de que le quiera a él tan poco. Y si de tal manera adoro a esa mujer apenas vista, ¿qué será cuando haya podido apreciarla más? No conozco sino su retrato y ello ha bastado para trastornar mi razón. Pero cuando contemple sus perfecciones todas, forzosamente quedaré ciego. Haré cuanto pueda por reprimir este culpable amor. Si no lo consigo, pondré todos los medios para poseerla. (Sale.)

Escena V

El mismo lugar. -Una calle

Entran RELÁMPAGO y LANZA

RELÁMPAGO. -¡Lanza! ¡Por mi honor! ¡Bien venido seas a Milán!

LANZA. -No jures contra ti, amable joven, pues no soy bien venido. He creído siempre que un hombre no está por completo perdido hasta que no le han ahorcado, y que no es bien venido a un sitio hasta que no ha pagado el hospedaje y le ha hecho buena acogida la patrona, diciendo: «¡Bien venido!»

RELÁMPAGO. -Vamos, pedazo de bruto, ven conmigo a la taberna y ya verás acogidas. Pero dime, sinvergüenza: ¿Cómo se han separado tu amo y doña Julia?

LANZA. -¡Pardiez! Comenzaron a despedirse con ardor y se separaron riendo.

RELÁMPAGO. -Pero ¿se casará con él?

LANZA. -No.

RELÁMPAGO. -Entonces, ¿se casará él con ella?

LANZA. -Tampoco.

RELÁMPAGO. -Qué, ¿han roto?

LANZA. -No han roto nada. Están tan enteros como antes.

RELÁMPAGO. -Pero ¿cómo anda la cosa?

LANZA. -¡Pardiez! Verás. Cuando todo va bien para él, todo va bien para ella.

RELÁMPAGO. -¡Qué asno te has vuelto! ¡No te entiendo!

LANZA. -¡Qué bestia eres, que no me comprendes! Eres más insoportable que mi bastón.

RELÁMPAGO. -¿Qué dices?

LANZA. -Sí, y te lo hago ver. Mira, me apoyo en él y me sostiene.

RELÁMPAGO. -Claro, te sostiene, ¿y qué?

LANZA. -Que sostener y soportar es lo mismo.

RELÁMPAGO. -Bueno; ¿se efectuará o no el casamiento?

LANZA. -Pregúntaselo a mi perro: si dice sí, se verificará; si dice que no, se verificará también; si menea el rabo y nada dice, también se verificará.

RELÁMPAGO. -Según eso, se hará la boda.

LANZA. -No obtendrás de mí este secreto Sino por medio de parábolas.

RELÁMPAGO. -Ni de esa manera lo obtendré. Pero ¿qué dices, Lanza, de ver a mi amo tan loco de amor?

LANZA. -Así le he conocido siempre.

RELÁMPAGO. -¿Cómo?

LANZA. -Loco.

RELÁMPAGO. -¡Idiota! No me entiendes.

LANZA. -¡Borrico! No me refiero a ti, sino a tu amo.

RELÁMPAGO. -Quiero decirte que mi amo es un enamorado de los más ardientes.

LANZA. -¿Y a mí qué me importa, aunque se achicharre? ¿Vienes o no vienes a la taberna? Si no vienes eres un hebreo, un judío y no mereces el nombre de Cristiano.

RELÁMPAGO. -¿Por qué?

LANZA. -Porque no tienes suficiente caridad para acompañar a un cristiano a la taberna. ¿Vienes?

RELÁMPAGO. -Soy cristiano. (Salen.)

Escena VI

El mismo lugar. -Aposento en el palacio del duque

Entra PROTEO

PROTEO. -Dejando a mi Julia soy desleal; amando a la bella Silvia, soy desleal; traicionando a mi amigo, soy más desleal aún, y el poder que me impuso mi primer juramento es el mismo que me induce a esta triple deslealtad. Amor me hizo jurar, y Amor me obliga a que me retracte de mi juramento. ¡Oh, Amor! Dulce consejero: si has pecado, enséñame a mí, súbdito tuyo, y por ti rendido, a excusar mi falta. Hasta hace un instante era mi ilusión una resplandeciente estrella, pero ahora amo a un sol celestial. Imprudentes promesas pueden ser prudentemente retractadas, y falto de talento es quien no emplea el suyo en trocar lo malo por lo mejor... ¡Quita allá! ¡Quita allá, irrespetuosa lengua! ¡Calificar de mala a aquella cuya soberanía tantas veces proclamaste con mil y mil ardientes protestas! No puedo dejar de amar y, no obstante, dejo de amar y, sin embargo, no amo donde debiera amar. Pierdo a Julia y pierdo a Valentín. Si los conservara, necesariamente me perdería a mí mismo. Si los pierdo, hallo en lugar de Valentín a mí mismo, y en lugar de Julia a Silvia. Soy más querido para mí mismo que lo pueda ser un amigo. Porque el amor es el más precioso de los bienes, y comparado con Silvia ¡os tomo por testigos, cielos, que tan bella la formasteis! Julia no es sino una negra etíope. Olvidaré que Julia existe, para recordar que ha muerto para ella mi amor. Y veré tan sólo en Valentín un enemigo, para tener en Silvia una amiga querida. No puedo ahora ser constante conmigo mismo sin usar de alguna traición con Valentín. Esta noche se propone escalar con una escala de cuerdas la ventana del dormitorio de la celestial Silvia. Tomándome por confidente, soy su competidor. Voy ahora a poner en conocimiento de su padre sus ocultos designios y proyectada fuga. Éste, encolerizado, desterrará a Valentín, pues quiere casar a su hija con Turio. Y alejado Valentín, medios suficientes tendré a mi alcance para desbaratar los estúpidos planes de Turio. ¡Amor, préstame alas para desarrollar mi proyecto, como me has prestado inteligencia para concebirlo! (Sale.)

Escena VII

Verona. -Aposento en casa de Julia

Entran JULIA y LUCIA

JULIA. -¡Aconséjame, Lucía; ayúdame, amable muchacha! Y puesto que eres el libro de memorias en que se hallan impresos con caracteres imborrables mis pensamientos, te suplico, por la buena amistad que me dispensas, que me aconsejes; que me digas un medio compatible con mi honor, mediante el cual pueda emprender un viaje para reunirme con mi amado Proteo.

LUCIA. -¡Ay! El camino es largo y pesado.

JULIA. -Un devoto peregrino, animado de una verdadera decisión, puede recorrer sin fatigarse reinos enteros con sus débiles pasos; mayormente yo, que para huir dispongo de las alas de Amor, y más cuando se trata de reunirme con un ser de una perfección tan divina como Proteo.

LUCÍA. -Mejor será que esperéis a que Proteo retorne.

JULIA. -¡Oh! ¿Ignoras que sus miradas constituyen el alimento de mi alma?¡Ten piedad del hambre que he sufrido tanto tiempo! Si conocieras todo el sentimiento íntimo del amor, pensarías tanto en encender fuego con nieve como en apagar el fuego de amor con palabras.

LUCÍA. -No es mi intención extinguir el ardiente fuego de vuestro cariño, sino moderar su calor, para que no abrase más allá de lo razonable.

JULIA. -¡Cuantos más obstáculos le busques, tanto más se avivará su llama! Si al manso riachuelo que se desliza con suave murmullo pretendes detenerle, protestará empujando sus ondas con impaciente estruendo. Pero si libremente le dejas seguir su curso acariciará con melodioso susurro el esmalte de sus granos de arena, besando con amor cuantos arbustos halle en su peregrinación, y después de haber jugueteado dulcemente en mil revueltas, irá a precipitarse en el embravecido mar. Por tanto, déjame partir y no intentes detener mi curso. Seré tan sufrida como la apacible corriente, la más dura marcha será para mí un juego hasta que los últimos pasos me conduzcan ante mi amado. Ya allí, olvidando todas mis penalidades, descansaré como un alma bendita en el Elíseo.

LUCÍA. -¿Y en qué traje os proponéis viajar?

JULIA. -No en el de mujer, pues quiero guardarme de inoportunos encuentros con libertinos. Amable Lucía, búscame vestidos que cuadren bien a un paje de buena casa.

LUCÍA. -Pero entonces, señorita, os tendréis que cortar el cabello.

27/57

JULIA. -No, muchacha; lo ataré con cordones de seda tan enlazados como los nudos que unen a los amores sinceros. Ir extravagante no resultará mal en un joven de la edad que yo representaré.

LUCÍA. -¿Y de qué moda quiere la señora el pantalón?

JULIA. -Que es como si dijeras: «¿Qué anchura quiere el caballero que tengan sus faldas?» Pues aquella moda que juzgues tú a propósito, Lucía.

LUCÍA. -Será necesario ponerle greguescos, señora.

JULIA. -¡Quita, quita, Lucía! Eso sería de mal tono.

LUCÍA. -Señora, hoy no darían ni un alfiler de pantalón sin que tuvierais una almohadilla lo bastante rellena para servir de acerico.

JULIA. -Lucía: si me quieres, procúrame lo que te parezca y creas más adecuado. Pero dime, muchacha: ¿qué pensarán de mí al verme emprender tan extraño viaje? Temo promover un escándalo.

LUCÍA. -En ese caso, quedaos en casa y no marchéis.

JULIA. -No, eso no quiero.

LUCIA. -Entonces no penséis en infamias y partid. Si cuando lleguéis agrada el viaje a Proteo, no importa a quién podáis disgustar al salir. Pero se me figura que no ha de gustarle mucho.

JULIA. -Ése es el menor de mis temores, Lucía. Millares de juramentos, un océano de lágrimas e infinitas protestas de amor me garantizan una buena acogida por parte de mi Proteo.

LUCÍA. -Todo eso es patrimonio de los hombres falsos.

JULIA. -Viles serán los que de ello se sirvan para viles usos. Pero astros más bondadosos han presidido el nacimiento de Proteo. Sus palabras son el evangelio, sus juramentos, oráculos; su amor, sincero; sus pensamientos, puros; sus lágrimas, intérpretes verdaderos de su alma. Su corazón dista de la perfidia como la Tierra del Cielo.

LUCIA. -¡Ojalá le halléis así al llegar a su lado!

JULIA. -Lucía, por el cariño que me guardas, no tengas mala opinión de su caballerosidad. Quiérele, si en algo me aprecias. Y ven a mi cuarto para anotar cuanto sea preciso para mi deseado viaje. Dejo cuanto tengo a tu disposición: mi fortuna mis tierras, mi buen nombre. Sólo te pido, en cambio, que me avíes pronto.¡Vamos!¡Sin contestar!¡En seguida!¡Me impaciento por mi tardanza! (Salen.)

****

Acto tercero

Escena primera

Milán. -Antecámara en el palacio del duque

Entran el DUQUE, TURIO y PROTEO

DUQUE. -Señor Turio, os agradecería nos dejarais solos un momento, pues tenemos que hablar sobre asuntos particulares. (Sale TURIO.) Decidme ahora, Proteo: ¿qué queríais conmigo?

PROTEO. -Mi apreciable señor: Si hubiera de cumplir las leyes de la amistad, lo que tengo que revelaros permanecería en el silencio. Pero pensando en la cariñosa acogida con que, aunque indigno, os habéis dignado honrarme, mi conciencia me obliga a descubrir un secreto, que de otro modo ni por todos los tesoros del mundo habría revelado. Sabed, digno príncipe, que Valentín, mi amigo, intenta robaros esta noche a vuestra hija, habiéndome hecho entrar en la confidencia del complot. Como sé que pensáis dar la mano de vuestra encantadora hija a Turio -aunque ella no le quiere-, me imagino que, si os la robaran, sería un golpe terrible para vuestra vejez. He aquí por qué os lo comunico.

DUQUE. -Proteo, os agradezco profundamente vuestra leal solicitud y sabré, recompensarla: disponed de mí mientras viva. Varias veces he sospechado que existía ese amor entre ellos, a pesar de que creían adormecida mi prudencia, y hasta he pensado desterrar a Valentín de la compañía de mi hija y de la corte. Pero temiendo que mis sospechas fueran infundadas y no atreviéndome a deshonrar injustamente a un hombre -desgracia que he podido evitar hasta ahora-, seguí mostrándole buen semblante hasta descubrir lo que me acabáis de revelar. Prueba de mis temores es que, conociendo lo fácil de extraviar a la juventud, he hecho que mi hija habite una torre elevada del palacio, de la cual llevo siempre la llave encima. Afortunadamente, ninguna evasión hay que temer.

PROTEO. -Sí, la hay, noble señor. Sabed que todo está preparado para que asalte él la ventana de su aposento y haga descender a vuestra hija por una escala de cuerdas. De esta escala se halla provisto ya el tierno enamorado y no tardará un instante sin que le veáis pasar por aquí. Podéis cortarle el paso, pero con cierta habilidad, querido señor, para que no sospeche la revelación que os acabo de hacer, debida no a rencor a mi amigo, sino a afecto hacia vos.

DUQUE. -Os juro por mi honor que jamás os descubriré.

PROTEO. -Adiós, señor. Valentín se acerca. (Sale. Entra VALENTÍN.)

DUQUE. -Señor Valentín, ¿adónde tan aprisa?

VALENTÍN. -Con permiso de Vuestra Gracia; me aguarda un mensajero para llevar unas cartas a mis amigos y voy a entregárselas.

DUQUE. -¿Son muy importantes?

VALENTÍN. -No expresan otra cosa que mi estado de salud y la ventura que disfruto en vuestra corte.

DUQUE. -Si es así, nada impide que permanezcas un instante conmigo. Tengo que hablarte de unos asuntos que me tocan de cerca, cuyo secreto quisiera confiarte. No ignoras que me he propuesto dar la mano de mi hija a mi amigo Turio.

VALENTÍN. -Lo sé, señor; es un partido a la vez rico y honroso. Turio es un hidalgo en quien se juntan la generosidad, el mérito y cuantas cualidades debe reunir el esposo de vuestra encantadora hija. ¿No sabría Vuestra Alteza procurar que ella le correspondiese?

DUQUE. -No, créeme; es malhumorada, caprichosa, arisca, altanera, desobediente, porfiada, incumplidora de su deber, que olvida que es hija mía y no tiene por mí el respeto que a su padre se debe. Después de pensarlo con detención, te aseguro que el orgullo de mi hija ha acabado por enajenarle todo mi afecto. y cuando soñaba con hallar en los cuidados de su filial solicitud el consuelo de mi vejez, he decidido casarme y alejarla de mi presencia, abandonándola a quien quiera tomarla. Por tanto, que sea su belleza su dote y que nada espere de mí.

VALENTÍN. -¿En qué puedo ser útil a Vuestra Gracia?

DUQUE. -Es el caso que hay aquí en Milán una dama por quien me intereso, pero tan reservada y descontentadiza, que apenas hace caso de mis viejos requiebros. Yo quisiera que tú me instruyeras, pues ya he perdido la costumbre de cortejar y los estilos modernos son otros, a ver por qué medios pudiera yo merecer ante la luz deslumbradora de sus ojos.

VALENTÍN. -Atraedla con regalos, si en ella no hacen efecto las palabras. Mudas alhajas, con su elocuente silencio, dicen a veces más en el alma de la mujer que todos los discursos.

DUQUE. -Pero ha rechazado con desdén un presente que le remití.

VALENTÍN. -La mujer acostumbra rechazar aquello que más desea. Mandadle otro y no desesperéis de vencer, pues los primeros desdenes sólo hacen más vivo el amor que les sigue. Si se os muestra seria, no significa que os rechace: es únicamente para aumentar vuestro amor. Si os habla despectivamente, tampoco es para librarse de vuestra presencia, pues nada aborrecen tanto las mujeres como la soledad, que es lo que las vuelve locas. Así, no toméis sus palabras en sentido literal. Pues salid en sus labios no quiere decir marchaos. Adulad, alabad, rogad, exaltad sus encantos y, aunque fuera negra, decid que es rubia como un ángel. El hombre que tiene lengua no es hombre, a mi juicio, si no puede con ella conquistar a una mujer.

DUQUE. -Pero es que, prometida a un digno caballero amigo de la casa, le está prohibido hablar con los hombres, de tal modo que durante el día nadie puede acercarse a ella.

VALENTÍN. -Vedla de noche.

DUQUE. -Sí, pero está cuidadosamente vigilada para que ningún hombre pueda, durante la noche, tener acceso a ella.

VALENTÍN. -¿Qué impide que entre uno por su ventana?

DUQUE. -Se halla a gran altura su aposento y nadie puede intentar el escalo sin arriesgar su vida.

VALENTÍN. -Entonces lo que necesitáis es, una escala de cuerda, fabricada con arte, que la arrojéis y se sostenga mediante un par de garfios. Con lo cual se escalaría la torre de una nueva Hero mientras se encontrara un Leandro capaz de acometer la empresa.

DUQUE. -Pues siendo así que te veo un hombre de arrestos, dime dónde podría yo procurarme una escala semejante.

VALENTÍN. -¿Cuándo la queréis?

DUQUE. -Esta misma noche, pues Amor es como un niño, que se impacienta por conseguir lo que apetece.

VALENTÍN. -A las siete os traeré esa escala.

DUQUE. -Pero fíjate bien que quiero ir solo a verla. ¿Cómo podré transportar hasta allí la escala?

VALENTÍN. -Será muy ligera, con objeto de que podáis llevarla debajo de una capa ordinaria,

DUQUE. -¿Me serviría una como la tuya?

VALENTÍN. -Seguramente, señor.

DUQUE. -Entonces déjamela ver, para hacerme una de la misma medida.

VALENTÍN. -¡Bah! Cualquiera capa ha de serviros, señor.

DUQUE. - (Tirando de la capa de VALENTÍN.) Veamos cómo me sentaría una así. Permitidme que me pruebe la vuestra. (Levantando la capa y descubriendo la escala de cuerda, al tiempo que cae una carta.) ¿Una carta? (Leyendo.) «¡A Silvia!» Y luego un instrumento que convierte, a mi proyecto. Romperemos el sobre. (Lee.) «Cuando llega la noche vuelan hacia ti mis ojos y mi pensamiento, y junto a ti se recrean en horas plácidas. ¡Si fuera tan dichosa mi alma que gozase esa felicidad que tanto apetece! Pero pensamiento mío, te hallas encerrado como un esclavo, a pesar de que tu cárcel es dorada. Sin embargo, siento envidia de ti, aunque soy tu dueño, y ansío celoso tu felicidad.¡Amada mía, mi vida, mi desesperación! ¡Si a semejanza de mi pensamiento pudiera yo verme al lado de tu corazón, pasar junto a él, amado, todas las horas de mi existencia y arrobarme en tus divinas gracias!» ¿Qué dice aquí? «Silvia, esta noche os libertaré.» Todo admirablemente preparado, y aquí la escala que debe servir para la evasión. (Colérico.) ¡Ah! ¡Ah! Faetón -porque eres hijo de Merops-, ¿aspiras a guiar el celeste carro, como cochero, y con tu loca audacia quieres abrasar el mundo? ¿Pretendes elevarte hasta los astros porque ellos te presten su luz? ¡Fuera, vil intruso, esclavo vanidoso! Comparte con tus iguales tus falsas sonrisas. Y agradece a mi paciencia, más que a tu mérito, el privilegio de dejarte partir. Agradécelo más que otros favores que te he concedido. Pero no permanezcas en mis territorios un minuto más, pues juro por el Cielo que como no abandones mis estados lo antes posible, mi cólera excederá en mucho al afecto que sentía por mi hija o por ti. ¡Márchate! ¡No quiero escuchar vanas disculpas! ¡Si aprecias tu vida sal de aquí inmediatamente! (Sale.)

VALENTÍN. -Y ¿por qué no la muerte antes que tan atroces sufrimientos? Matarme es separarme de mí mismo; y Silvia es mi persona. Desterrarme de su lado es arrancarme de mí mismo... ¡Horrible destierro! ¡Qué luz es luz si no veo a Silvia! ¿Qué placer es placer si Silvia no está a mi lado, a no ser que sueñe que está allí presente y que la imagen de la perfección venga a ser alimento de mi vida? Si de noche no estoy cerca de Silvia no tiene armonía el ruiseñor. Si de día no contemplo a Silvia es todo sombras y el caos para mí. Ella es mi esencia. ¡Yo no puedo vivir sin ser nutrido, iluminado, protegido, sostenido en la vida por su influencia bienhechora! ¿Qué es la sentencia de muerte? Sustraerme a ella no es escapar de ella. Si me quedo, muero. Pero ¿y si me alejo? ¡Me separo de mi propia vida! (Entran PROTEO y LANZA.)

PROTEO. -¡Aprisa, muchacho! Corre, corre y procura hallarle.

LANZA. -¡Hola, hola!

PROTEO. -¿A quién has visto?

LANZA. -Al que buscamos. No tiene un pelo que no sea de Valentín.

PROTEO. -¿Eres tú, Valentín?

VALENTÍN. -No.

PROTEO. -¿Su sombra?

VALENTÍN. -Tampoco.

PROTEO. -¿Qué eres entonces?

VALENTÍN. -Nada.

LANZA. -¿Puede hablar la nada? ¿Le pego, mi amo?

PROTEO. -¿A quién quieres pegar?

LANZA. -A la nada.

PROTEO. -¡Guárdate, desdichado!

LANZA. -Como será darle a la nada, señor, dejadme hacer...

PROTEO. -¡Cállate, bergante!... Amigo Valentín, una palabra.

VALENTÍN. -Mis oídos están cerrados; tantas malas noticias han escuchado que no pueden oír las buenas.

PROTEO. -Entonces callaré las mías, porque son duras, enojosas y desagradables de oír.

VALENTÍN. -¿Ha muerto Silvia?

PROTEO. -No, Valentín.

VALENTÍN. -¡No; Valentín fue quien murió para la adorable Silvia! ¿Ha abjurado de mí?

PROTEO. -No, Valentín.

VALENTÍN. -¡No; murió Valentín falto de amor de Silvia! ¿Qué noticias tienes que comunicarme?

LANZA. -Señor, una proclama anuncia que estáis enterrado.

PROTEO. -Que estás desterrado. ¡Oh! Ésta es la nueva que tenía que comunicarte. Tienes que alejarte de Milán, de Silvia y de mí, tu amigo.

VALENTÍN. -¡Oh! Ya he apurado con exceso el cáliz de esa desgracia y no podría probarlo otra vez. ¿Sabe Silvia mi destierro?

PROTEO. -Sí, sí, y para revocarlo ha derramado un océano de líquidas perlas. Se ha postrado ante su padre, humilde y temblorosa, retorciéndose las manos, cuya blancura tanto las embellecía, que dijérase que el dolor las había decolorado. Pero ni sus dobladas rodillas, ni sus blancas manos extendidas, ni sus dolorosos suspiros, ni sus profundos lamentos, ni sus lágrimas, que caían en plateadas gotas, han podido aplacar a su padre. Pero si Valentín es preso tendrá que morir. Y no sólo esto, sino que sus intercesiones le han irritado de tal modo, cuando suplicando pedía su perdón, que la han prescrito reclusión completa, amenazándola, colérico, si infringía sus órdenes.

VALENTÍN. -¡Calla! A no ser que la primera palabra que pronuncies tenga sobre mi vida un poder de muerte. Si es así, te ruego que me la hagas oír como el último cántico de mi último dolor.

PROTEO. -No deplores ya lo que es irremediable y busca remedio a lo que deploras. El tiempo es padre y creador de todo bien. Si permaneces aquí no podrás ver a la que amas, imprudencia que, además, te costará la vida. La esperanza es el palo de viaje de un amante; sal de aquí con él y oponlo a las ideas de desesperación. Aunque te marches tus cartas podrán llegar a estos sitios. Dirígelas a mí, y yo mismo las depositare en el níveo seno de tu adorada. Por ahora serían inútiles todas las súplicas. Ven, te acompañaré para que te franqueen la puerta de la ciudad, y antes de despedirme de ti, hablaremos de cuanto concierne a tus asuntos amorosos. ¡Por tu cariño a Silvia, ya que no por ti mismo, no te expongas a una muerte segura, y ven conmigo!

VALENTÍN. -Por favor, Lanza, si ves a mi criado, dile que se dé prisa a reunirse conmigo en la Puerta del Norte.

PROTEO. -Anda a buscarle, pícaro... Vamos, Valentín.

VALENTÍN. -¡Oh, mi querida Silvia!...¡Desgraciado Valentín! (Salen VALENTÍN y PROTEO.)

LANZA. -Como veis, no soy más que un imbécil, pero me sobra talento para sospechar que mi amo es un malvado; y si no es más que un malvado... En fin, vamos a lo mío. ¿Quién sabe que yo estoy enamorado? Nadie. Y, sin embargo, lo estoy. Pero un tronco de caballos enganchados no me arrancaría este secreto. Y ¿de quién lo estoy? Tampoco lo sabe nadie. ¡Pues de una mujer! Y ¿quién es esa mujer? No lo revelaré ni a mí mismo. Aunque es una doncella. Y sin embargo no es doncella... porque ¡se ha dicho cada cosa de ella!... Y sin embargo es doncella, porque es la doncella de servicio de su amo. Tiene más cualidades que un perro pachón, lo que es mucho para un descamisado cristiano. (Sacando un papel.) Aquí está la lista de sus méritos. «Primeramente, sabe ir a buscar y traer.» ¡Bravo! Un caballo no podría hacer más. ¿Qué digo? Un caballo trae, pero no va a buscar. Luego vale más que un rocín. «Ítem. Sabe ordeñar.» ¡Fijaos bien! Es una excelente prenda en una doncella que tiene las manos limpias. (Entra RELÁMPAGO.)

RELÁMPAGO. -¡Hola, Lanza! ¿Cómo va tu grandeza?

LANZA. -¿Mi grandeza? Como tu pequeñez.

RELÁMPAGO. -¡Siempre con tus juegos de palabras! ¿Qué noticias trae ese papel?

LANZA. -Más negras de lo que te puedes imaginar.

RELÁMPAGO. -¿Cómo negras?

LANZA. -Como la tinta.

RELÁMPAGO. -Déjame leerlas.

LANZA. -¡Quita de ahí, avestruz! ¡Si tú no sabes!

RELÁMPAGO. -¡No he de saber!

LANZA. -Voy a demostrártelo. Contéstame a esta pregunta: ¿Quién te engendró?

RELÁMPAGO. -¡Toma! El hijo de mi abuelo.

LANZA. -¡Oh, ignorante cabestro! Es el hijo de tu abuela. Eso prueba que eres un analfabeto.

RELÁMPAGO. -¡Vaya, idiota, trae y verás cómo leo ese papel!

LANZA. -¡Toma, bruto, toma, y San Nicolás te ayude!

RELÁMPAGO. -(Leyendo.) «Ítem. Sabe ordeñar.»

LANZA. -¡Y que lo sabe!

RELÁMPAGO. -«Ítem. Sabe dar puntadas.»

LANZA. -También sabrá dar puntapiés.

RELÁMPAGO. -«Ítem. Sabe hacer medias.»

LANZA. -También las hará enteras.

RELÁMPAGO. -«Ítem. Sabe lavar y fregar.»

LANZA. -Virtud especial, porque así no tendrá necesidad de ser lavada y fregada.

RELÁMPAGO. -«Ítem. Sabe hilar.»

LANZA. -Por hallarse en disposición de ganarse la vida en el torno nuestros días serán hilados de oro y seda.

RELÁMPAGO. -«Ítem. Posee mil virtudes que no tienen nombre.»

LANZA. -Serán entonces virtudes bastardas, que no Conocen a su padre y, por consiguiente, no tienen nombre.

RELÁMPAGO. -Ahora viene aquí el catálogo de sus defectos.

LANZA. -Es lo lógico, después del de sus méritos.

RELÁMPAGO. -«Ítem. No se debe abrazarla en ayunas, a causa de su mal aliento.»

LANZA. -No importa. Ese defecto lo puede corregir un buen almuerzo. Sigue.

RELÁMPAGO. -«Ítem. Tiene una toca retrechera.»

LANZA. -He aquí lo que compensa su aliento ingrato.

RELÁMPAGO. -«Ítem. habla durmiendo.»

LANZA. -Bien, con tal de que no se duerma hablando.

RELÁMPAGO. -«Ítem. Habla muy despacio.»

LANZA. -¿Eso es defecto? ¡La lentitud en las palabras!. ¡Atiza! ¡Pero si es la única virtud de la mujer! Apártame ese defecto y apúntalo como el primero de sus méritos.

RELÁMPAGO. -«Ítem. Es soberbia.»

LANZA. -Quita también eso. Es herencia de Eva, que no hay modo de suprimir.

RELÁMPAGO. -«Ítem. No tiene dientes.»

LANZA. -Me gusta la corteza.

RELÁMPAGO. -«Ítem. Es mala.»

LANZA. -Que lo sea; pero como no tiene dientes para morder...

RELÁMPAGO. -«Ítem. Es bastante dada a la bebida.»

LANZA. -Si la bebida es buena, hace bien. Si ella no lo hace, lo haré yo.

RELÁMPAGO. -«Ítem. Es demasiado pródiga.»

LANZA. -De su lengua no puede ser, pues es lenta de palabras. De su bolsa, tampoco, porque la tendré cerrada. De otra cosa que quiera hacer, no podría impedirlo. Conque continúa.

RELÁMPAGO. -«Ítem. Tiene más cabellos que talento.»

LANZA. -Es posible, y puede probarse. La tapadera de la caja de sal encubre la sal y, por lo tanto, es más que la sal; los cabellos que ocultan el cerebro, o sea el talento, son más que el talento y porque el más oculta el menos. ¿Qué sigue ahora?

RELÁMPAGO. -«Más defectos que cabellos.»

LANZA. -Eso es monstruoso y me agradaría que no fuera así.

RELÁMPAGO. -«Y más riquezas que defectos.»

LANZA. -¡Cómo! Ésa es una condición que hace graciosos los defectos. Será mi mujer. Y si me acepta, como nada hay imposible...

RELÁMPAGO. -Bueno. ¿Y qué?...

LANZA. -¡Que tu amo te espera en la Puerta del Norte!

RELÁMPAGO. -¿A mí?

LANZA. -Sí, a ti.

RELÁMPAGO. -¿Y tengo que ir con él?

LANZA. -Pues claro, y que correr, pues llegarás tarde por haberte detenido aquí tanto tiempo.

RELÁMPAGO. -¡Imbécil! ¿Por qué no me los has dicho antes? ¡Malditas tus cartas de amor! (Sale.)

LANZA. -¡Paliza le espera por haberse detenido leyendo mis cartas! ¡Esclavo sin educación, que se entromete en mis secretos! Voy a seguirle para gozar de la corrección del tunante. (Sale.)

Escena II

El mismo lugar. -Aposento en el palacio del duque

Entran el DUQUE y TURIO

DUQUE. -Señor Turio, respirad satisfecho. Ahora que Valentín está lejos de su vista, mi hija os amará.

TURIO. -Desde el día de su destierro me desprecia más, evita mi compañía, se burla de mí; de manera que desespero de conseguirla.

DUQUE. -Esa débil muestra de amor es una figura modelada en hielo; al cabo de una hora de calor el hielo se derrite y la figura pierde su forma. Así pasará con Silvia. Poco tiempo bastará para derretir el hielo de sus pensamientos y hacer que olvide al indigno Valentín. (Entra PROTEO.)¡Hola, señor Proteo! ¿Marchó tu compatriota conforme a nuestra proclama?

PROTEO. -Sí, señor.

DUQUE. -Mi hija está dolorosamente afectada por su partida.

PROTEO. -Señor, el tiempo extinguirá en seguida ese pesar.

DUQUE. -Así lo creo, pero Turio no es de mi parecer. Proteo, el buen concepto que he formado de ti y del que tan bellas pruebas me has dado me obliga a consultarte de nuevo.

PROTEO. -No deseo sino robustecer aún más las protestas de mi lealtad a Vuestra Alteza. Mandad.

DUQUE. -Ya sabéis mi interés por el enlace de Turio con mi hija.

PROTEO. -Lo sé, en efecto.

DUQUE. -Y no ignoras, seguramente, la resistencia que opone ella a mi voluntad.

PROTEO. -Esa resistencia os la oponía cuando estaba aquí Valentín.

DUQUE. -Persiste en ella con mayor fuerza todavía. ¿Qué medios emplear para conseguir que olvide a Valentín y ame a Turio?

PROTEO. -Lo mejor sería acusar a Valentín de falso, de cobarde y de mal nacido; tres cosas que detestan cordialmente las mujeres.

DUQUE. -Sí, pero pensará que nos hace hablar el odio.

PROTEO. -Sin duda, si el que así hable es un enemigo de Valentín, pero no si es un amigo suyo.

DUQUE. -Entonces encárgate tú del cuidado de calumniarle.

PROTEO. -Me causa repugnancia, señor. Ese papel no sienta a un caballero, especialmente cuando se dirige contra su verdadero amigo.

DUQUE. -Cuando tu mediación no puede servirle, tus calumnias no han de dañarle. Por tanto, puedes sin desdoro alguno emprender esa tarea, y más comprometiéndote a ello un amigo como yo.

PROTEO. -Acepto, señor. Procuraré por todos los medios rebajar a Valentín en el afecto de vuestra hija y, si lo consigo, no le amará mucho tiempo. Pero una vez desarraigado su amor a Valentín, no será razón para que ame a Turio.

TURIO. -Conforme devanéis en torno de Valentín el hilo de su amor, para que no se enrede, haced de manera de devanarle en torno mío. Para lo cual será necesario decir de mí tanto bien como mal de Valentín.

DUQUE. -Conque, Proteo, en cuerpo y alma nos entregamos a ti en este asunto. Sabemos por Valentín que eres fiel oficiante de Amor y que no rompes tus cadenas ni cambias de cariño. Bajo esta seguridad te concederé acceso cerca de Silvia; allí podrás hablarle a tus anchas, porque está triste, sombría y taciturna, y en consideración a tu amigo se alegrará de verte. Entonces te será fácil persuadirla que odie al joven Valentín y ame a mi amigo.

PROTEO. -Todo lo pondré en práctica, pero vos, señor Turio, no empleáis mucha fuerza en vuestros ataques. Y debéis tender redes donde puedan aprisionarse sus deseos. Dirigid la apasionados sonetos, cuyas rimas rebosen protestas de vuestra adhesión.

DUQUE. -Sí, la divina poesía ejerce un grande influjo en asuntos de amor.

PROTEO. -Decidla que en el altar de su belleza sacrificáis vuestras lágrimas, vuestros suspiros y vuestro corazón. Escribid hasta que se seque la tinta de vuestro tintero y humedecedle con vuestro llanto para decírselo más tarde en versos conmovedores. Fibras de poetas formaban las cuerdas de la lira de Orfeo. A sus potentes acordes se conmovían las piedras y el acero. Olvidaban los tigres su ferocidad, y abandonando los monstruos del mar sus insondables abismos, salían a deleitarse en la playa. Luego que le hayáis enviado vuestras dolientes elegías, haced que se escuche bajo las ventanas del aposento de vuestra adorada algún dulce concierto. A las voces de los instrumentos unid las palabras de un cántico melancólico. El silencio recogido de la noche dará realce a vuestras melodiosas querellas. Nada hay como este medio para atraeros su ternura.

DUQUE. -Esas lecciones prueban haber estado enamorado.

TURIO. -Y esta misma noche pondré en práctica tu consejo. Puesto que me abandono a tu discreción ten a bien, querido Proteo, acompañarme por la ciudad con objeto de elegir algunos caballeros que sean buenos músicos. Para seguir al pie de la letra tus lecciones tengo justamente un soneto que hará al caso.

DUQUE. -¡Pues en marcha, caballeros!

PROTEO. -Acompañaremos a Vuestra Gracia hasta después de cenar, y luego nos pondremos de acuerdo sobre el asunto.

DUQUE. -¡Daos prisa! Yo disimularé vuestra ausencia. (Salen.)

****

Acto cuarto

Escena primera

Bosque entre Milán y Verona

Entran varios BANDIDOS

BANDIDO 1.º -Compañeros, preparaos. Veo venir a un viajero.

BANDIDO 2.º -¡Así vengan diez! ¡Firmes y despachémosles! (Entran VALENTÍN y RELÁMPAGO.)

BANDIDO 3.º -¡Alto! Entregadnos cuanto lleváis o vamos a tenderos y desvalijaros.

RELÁMPAGO. -¡Estamos perdidos, señor! Son los malhechores que tanto temen los viajeros!

VALENTÍN. -(Dirigiéndose a los BANDIDOS.) Amigos míos...

BANDIDO 1.º -No hay amigos que valgan; somos enemigos vuestros.

BANDIDO 2.º -¡Silencio! Espera a ver qué quiere decirnos.

BANDIDO 3.º -Sí, ¡por mis barbas! Tiene un aspecto simpático.

VALENTÍN. -Sabed que no tengo gran cosa que perder. Os halláis ante un hombre combatido por la adversidad. Mis riquezas consisten en estos pobres vestidos. Si me los quitáis, me habéis quitado todo cuanto poseo.

BANDIDO 2.º ¿Adónde vais?

VALENTÍN. -A Verona.

BANDIDO 1.º-¿De dónde venís?

VALENTÍN. -De Milán.

BANDIDO 3.º -¿Habéis permanecido mucho tiempo allí?

VALENTÍN. -Unos diez y seis meses, y más larga hubiera sido mi estancia a no impedírmelo mi mala suerte.

BANDIDO 1.º -¿Que habéis sido desterrado de allí?

VALENTÍN. -Sí.

BANDIDO 3.º -¿Por qué delito?

VALENTÍN. -Por una falta que me es doloroso recordar. He matado a un hombre, de cuya muerte estoy sinceramente arrepentido. Sin embargo le maté en combate leal, sin falsa ventaja ni vil traición.

BANDIDO 1.º -Entonces no tengáis remordimiento alguno. Pero ¿cómo se os ha desterrado por semejante pecadillo?

VALENTÍN. -Estoy satisfecho de haber salido tan bien librado.

BANDIDO 1.º -Por casualidad, ¿sabéis idiomas?

VALENTÍN. -Es una ventaja que debe mi juventud a sus viajes y sin la cual hubiera sido frecuentemente desgraciado.

BANDIDO 3.º -¡Por el cráneo pelado del obeso fraile Robín de la

Capucha! Este compañero sería un verdadero rey para nuestra banda.

BANDIDO 1.º -Le tendremos. Una palabra, señor.

RELÁMPAGO. -Mi amo, haceos de los suyos. ¡Es una honrada cuadrilla de ladrones!

VALENTÍN. -¡Silencio, idiota!

BANDIDO 2.º -Decidnos: ¿os queda algún recurso?

VALENTÍN. -Ninguno, sino mi buena suerte.

BANDIDO 3.º -Sabed, entonces, que algunos de nosotros somos individuos de ilustre nacimiento, a quien las consecuencias de una desenfrenada juventud tienen apartados de la sociedad legal. Yo mismo he sido desterrado de Verona por haber querido robar a una dama, rica heredera, parienta cercana del duque.

BANDIDO 2.º Y yo de Mantua, a causa de un hidalgo, a quien, en mi cólera le atravesé el corazón.

BANDIDO 3.º -Y yo también he sido desterrado por pecadillos del mismo jaez. Pero vamos al asunto. Pues os hemos dado a conocer nuestras transgresiones, para explicaros nuestra existencia extralegal, y viendo en vos un caballero digno y de presencia, un polígloto, según decís, y un hombre dotado de importantes cualidades, tal como necesitamos uno en nuestra profesión...

BANDIDO 2.º -Considerando, por otra parte, que sois un desterrado, hemos resuelto, pues, haceros proposiciones. ¿Queréis ser nuestro capitán, convertir en virtud la necesidad y vivir como nosotros en estos despoblados?

BANDIDO 3.º -¿Qué te parece? ¿Quieres ser de los nuestros? Di sí y serás nuestro capitán. Te rendiremos homenaje y te obedeceremos y amaremos como nuestro jefe y rey.

BANDIDO 1.º -Pero si rehúsas nuestra oferta te daremos muerte.

BANDIDO 2.º -No nos conviene que divulgues nuestras proposiciones.

VALENTÍN. -Acepto. Y quiero vivir con vosotros, con la condición de que no ultrajaréis la debilidad de las mujeres ni a los viajeros pobres.

BANDIDO 3.º -No; detestamos semejantes cobardías y viles prácticas. Ven con nosotros. Vamos a presentarte a toda la cuadrilla y a mostrarte los tesoros que poseemos y de los que, así como de nosotros, puedes disponer. (Salen.)

Escena II

Milán. - Patio en el palacio del Duque

Entra PROTEO

PROTEO. -Ya he sido falso con Valentín y ahora es preciso que sea desleal con Turio. El pretexto de apoyar sus pretensiones me da suficientes facilidades para ofrecer mi propio amor. Pero Silvia es demasiado hermosa, demasiado fiel, demasiado santa, para que la seduzcan mis indignos presentes. Cuando protesto sincera lealtad por ella, me recuerda la traición cometida con mi amigo; cuando juro a su hermosura un eterno amor, me echa en cara mi perjurio por ser infiel a Julia, a quien amaba. Y a despecho de sus repentinos sarcasmos el menor de los cuales fuera suficiente para destruir toda esperanza en el corazón de un enamorado, todavía como un perro faldero, cuanto más rehúsa, mi amor, tanto más éste se extiende y arrastra a sus pies... Pero aquí llega Turio. Situémonos ahora bajo la ventana de Silvia, y que oiga esta noche melodiosa música. (Entran TURIO y MÚSICOS.)

TURIO. -¡Hola, señor Proteo! ¿Habéis llegado antes que nosotros?

PROTEO. -Sí, querido Turio, pues ya sabéis que el amor se cuela donde no le llaman.

TURIO. -Muy bien; pero creo, señor, que a nadie cortejáis aquí.

PROTEO. -¿Cómo que no? ¿Iba entonces a hallarme en este sitio?

TURIO. -¿A quién es? ¿A Silvia?

PROTEO. -A Silvia, sí, por vuestro amor.

TURIO. -Muchísimas gracias. (A los músicos.) Ea, señores; templad esos instrumentos, y en seguida manos a la obra. (Entran el POSADERO y JULIA, quedando a distancia. JULIA viene vestida de paje.)

POSADERO. -(A JULIA.) Vaya, joven huésped, parece que estáis muy triste. ¿A qué se debe?

JULIA. -Pardiez, hostelero, a que no puedo alegrarme.

POSADERO. -Vamos, distraeos. Os conduciré adonde oigáis música y encontréis al caballero que buscáis.

JULIA. -Pero ¿le oiré hablar?

POSADERO. -Seguramente.

JULIA. -Pues él será para mí la música. (Suena la música.)

POSADERO. -¡Oíd! ¡Oíd!

JULIA. -¿Estará entre ésos?

POSADERO. -Sí; pero... ¡Silencio! Escuchemos.

(Canción)

¡Eh, eh! Os veo más triste que antes. ¿Qué os pasa, hombre? ¿Os hace daño la música?

JULIA. -Os engañáis. Quien me hace daño es el músico.

POSADERO. -¿Por qué?

JULIA. -Porque se porta falsamente.

POSADERO. -¡Cómo! ¿Da notas falsas?.

JULIA. -Tan falsas que hacen estremecer hasta las fibras de mi corazón.

POSADERO. -Tenéis un oído muy delicado.

JULIA. -Pues quisiera ser sorda.

POSADERO. -Veo que no os gusta la música.

JULIA. -Jamás... cuando hay en ella tales disonancias.

POSADERO. -¡Escuchad! Es un bonito cambio de tono.

JULIA. -El cambio es lo que menos me gusta.

POSADERO. -¿Había que tocar siempre lo mismo?

JULIA. -Debiera limitarse a lo justo. Bueno, señor, ese Proteo de quien hablamos, ¿viene con frecuencia a ver a esa noble dama?

POSADERO. -Lanza, su criado, me ha dicho que está loco perdido por ella.

JULIA. -¿Dónde está Lanza?

POSADERO. -Ha ido en busca de un perro que, por orden de su amo, debe ofrecer mañana como presente a la señora de sus pensamientos.

JULIA. -¡Chist! Silencio. La compañía se separa.

PROTEO. -Señor Turio, no temáis; patrocinaré tan bien vuestra causa, que os quedaréis admirado.

TURIO. -¿Dónde nos volveremos a ver?

PROTEO. -Junto al pozo de San Gregorio.

TURIO. -Adiós. (Salen TURIO y los músicos. Entra SILVIA, arriba, en el balcón.)

PROTEO. -(A SILVIA.) Señorita, buenas noches tenga vuestra señoría.

SILVIA. -Gracias por vuestra serenata, señores. ¿Quién ha sido el que ha hablado?

PROTEO. -Uno, señora, cuya voz os sería familiar si supierais cuánta sinceridad encierra su leal corazón.

SILVIA. -¿No es Proteo?

PROTEO. -Para serviros, señora.

SILVIA. -¿En qué queréis servirme?

PROTEO. -En lo que mandéis.

SILVIA. -Pues os mando que os retiréis ahora mismo... ¡Mal hombre, astuto, pérfido, embustero, desleal! ¿Presumiste, quizá, que sería tan débil que me dejase seducir por un hombre cuyos falsos juramentos han burlado a tantas mujeres? ¡Márchate! Vete a pedir perdón a tu prometida. Yo, y pongo por testigo a la pálida reina de la noche, estoy tan lejos de acceder a tus propósitos, que tu obstinación criminal no hace más que excitar mi desprecio, y al punto lamentaré el tiempo perdido en dirigirte la palabra.

PROTEO. -Amada divina, sólo he adorado a una mujer, pero ya murió.

JULIA. - (Aparte.) Pero aún no está sepultada.

SILVIA. -¿Que ha muerto dices? Pero tu amigo Valentín vive. ¿Sabes que soy su prometida y no te avergüenzas de ultrajarle con tu importuna persecución?

PROTEO. -He oído también que ha muerto Valentín.

SILVIA. -Pues suponte que igualmente he muerto yo; porque te aseguro que mi amor está sepultado en su tumba.

PROTEO. -Mujer celestial, permitidme que yo lo desentierre.

SILVIA. -Vete al sepulcro de tu dama y desentierra su ternura, o a lo menos sepulta la tuya en su tumba.

JULIA. - (Aparte.) Eso no lo ha oído.

PROTEO. -Señorita: si tan duro es vuestro corazón, concededme a lo menos vuestro retrato, retrato que pende de la pared de vuestro aposento. Le hablaré, le ofreceré mis suspiros y mis lágrimas, pues si la materia de vuestra persona está consagrada a otros, sólo soy sombra de mí mismo, y dedicaré a vuestra sombra mi sincero afecto.

JULIA. -(Aparte.) Si fuese materia también le engañarías, reduciéndola a no ser más que una sombra como yo.

SILVIA. -No quiero, señor, ser vuestro ídolo. Pero como sois falso y conviene más a vuestra señoría adorar sombras e incensar falsas imágenes, mandad mañana por mi retrato y os lo entregaré. Y así, buenas noches.

PROTEO. -Como las tienen los desdichados que han de ajusticiar al día siguiente. (Sale PROTEO. SILVIA desaparece de la ventana.)

JULIA. -(Al POSADERO.) Hostelero, ¿nos vamos ya?

POSADERO. -(Despertándose.) Por mi santiguada; dormía como un tronco.

JULIA. -¿Podríais decirme dónde vive Proteo?

POSADERO. -En mi casa, pardiez. Creedme; dijera que está amaneciendo.

JULIA. -¡Amanecer! ¡Esta noche es la más larga y penosa que he pasado en mi vida! (Salen.)

Escena III

El mismo lugar

Entra EGLAMUR

EGLAMUR. -Es la hora en que me ha suplicado Silvia que la llamase para conocer sus intenciones. Sin duda me necesita para algo importante. (Llamando.) ¡Señora! ¡Señora! (Entra SILVIA, arriba en la ventana.)

SILVIA. -¿Quién es?

EGLAMUR. -Vuestro amigo y servidor, que viene a recibir las órdenes de vuestra señoría.

SILVIA. -Mil veces bien venido, señor Eglamur.

EGLAMUR. -Salúdoos con respeto, digna señora; y consecuente con los mandatos de vuestra señoría, he venido a la hora del alba a saber el servicio que hayáis tenido a bien encomendarme.

SILVIA. -¡Oh, Eglamur! Eres todo un caballero -y no creas que es adulación- valiente, discreto, compasivo. No ignoras mi amor por Valentín, a quien acaban de desterrar, ni que mi padre quiere obligarme a que me despose con el vacuo Turio, a quien aborrezco con toda mi alma. Tú has amado, y te he oído decir que el día que viste morir a tu amada esposa se apoderó de tu corazón un dolor tan intenso, que hiciste voto de pura castidad sobre su tumba. Señor Eglamur, quiero ir a reunirme con Valentín a Mantua, en donde me aseguran que reside; y como es peligroso pasar por el camino, deseo tu noble compañía, en cuya fe y honor confío. No me arguyas la cólera de mi padre, Eglamur. Piensa, al contrario, en mi dolor, en el dolor de una mujer, y en que mi fuga está justificada por sustraerme a un culpable enlace, digno de las maldiciones del Cielo y del Destino. Te ruego, con todo el ardor de un alma tan llena de dolores como el océano de arenas, que consientas en acompañarme. Si no, guárdame el secreto y me arriesgaré a partir sola.

EGLAMUR. -Señora: os compadezco sinceramente por vuestros pesares. Vuestra virtud aprueba los motivos de vuestra aflicción. Os acompañaré. Importándome poco lo que pueda sobrevenirme con tal de que realicéis vuestros deseos. ¿Cuándo queréis partir?

SILVIA. -Esta noche.

EGLAMUR. -¿Dónde iré a encontraros?

SILVIA. -A la celda de fray Patricio, donde recibiré santa confesión.

EGLAMUR. -No faltaré a vuestra señoría. Feliz madrugada, noble señora.

SILVIA. -Feliz madrugada, caballero Eglamur.

Escena IV

El mismo lugar

Entra LANZA con su perro

LANZA. -¡He aquí lo que son las cosas! Cuando un criado se porta con su amo como un perro, todo va mal. Éste es un animal a quien ha criado desde su más tierna infancia y a quien salvé de un naufragio con tres o cuatro hermanos y hermanas ciegos. Lo he instruido tan cuidadosamente como quien hubiera de decir: «Así se educa a un perro». Mi amo me había mandado ir a ofrecer como regalo a doña Silvia, pero en cuanto entré en el comedor, emprendió carrera en derechura a la despensa y se apoderó de una pierna de capón. ¡Oh! ¡Es terrible que un perro no sepa portarse bien en sociedad! Para mí un perro debiera proponerse ser un verdadero perro, un perro en todo y por todo. Gracias a que he tenido el ingenio de decir que había sido yo el culpable, que si no, tan seguro como estoy aquí que acabo en la horca. Vais a juzgar. Imaginaos que debajo de la mesa del duque se mezcla en la compañía de tres o cuatro perros bien nacidos. No hacía dos minutos que estaba allí, cuando -advertí esto- el olfato de todos los convidados notó su presencia. «¡Fuera ese perro!» -dice uno-. «¿Qué perro es ése?» -dice otro-. «¡Echadle!» -añade un tercero- . «¡Que lo ahorquen!» -exclama el duque-. Yo, cuya nariz hacía mucho tiempo que estaba enterada, reconocí a mi Crab. Fui al encuentro del que ya blandía el látigo y le dije: «Amigo, vais a zurrar a ese perro, ¿no es eso?...» «¡Vive Dios! ¡Pues claro!» -me contestó-. «Eso será una injusticia -repliqué-, pues he sido yo quien ha cometido la falta». Con lo que, sin más ceremonia, me echaron a la calle a puntapiés. ¿Qué amos harían otro tanto por sus criados? ¡Palabra de honor! Infinitas veces he pisado la cárcel por robar mi perro pasteles. En una ocasión me pusieron en la picota por haber matado él unas ocas. Y ahora... ¡Sinvergüenza, has olvidado ya todo eso! ¡Granuja! ¡Recuerdo la partida que me has jugado al despedirme de doña Silvia! ¿No te había encomendado tener fijos en mí los ojos y hacer cuanto yo hiciera? ¿Cuándo me has visto a mí levantar la pierna y ensuciar las faldas de una dama? ¿Cuándo me has visto cometer semejante falta de educación? ¡Dilo! (Entra PROTEO con JULIA, vestida de paje.)

PROTEO. -¿Es tu nombre Sebastián? Me gustas, y tengo que encargarte en seguida un importante servicio.

JULIA. -Como os plazca. Estoy a vuestras órdenes.

PROTEO. -Te lo agradeceré. (A LANZA.) ¿Tú por aquí, sinvergüenza? ¿Qué ha sido de ti en estos dos días?

LANZA. -Señor, cumpliendo vuestro mandato, he ido a regalar el perro a doña. Silvia.

PROTEO. -Y ¿qué te ha dicho?

LANZA. -¡Oh! Me ha dicho que vuestro perro es un chucho asqueroso y que semejante regalo no valía ni las gracias.

PROTEO. -Pero ¿ha aceptado el perrito?

LANZA. -De ninguna manera, y aquí lo vuelvo.

PROTEO. -¡Cómo! ¿Es ése el perro que le has ofrecido de mi parte?

LANZA. -Sí, señor. El otro gozquecillo me lo quitaron en la plaza del mercado y lo sustituí por éste, pensando, y con razón, que siendo diez veces mayor que el vuestro, la importancia del regalo aumentaría otro tanto.

PROTEO. -¡Vete y trae mi perro inmediatamente, o no vuelvas a mi presencia! ¡Fuera, digo! ¿Quieres burlarte de mí, idiota, que me avergüenzas a diario? (Sale LANZA.) Sebastián, te he tomado a mi servicio, en parte, porque me hace falta un joven como tú que pueda desempeñar mis encargos con inteligencia, pues no hay que contar con un zopenco como ése, pero principalmente porque me gusta tu presencia y porte. O mucho me engaño, o eres de familia distinguida. Por eso te he admitido a mi servicio. Toma esta sortija y entrégala de mi parte a la señorita Silvia. Mucho me amaba quien me la dio.

JULIA. -Parece que no la amáis ya, cuando os desprendéis de esa prenda de ternura. ¿Murió acaso?

PROTEO. -No, aún vive, creo.

JULIA. -¡Ay!

PROTEO. -¿A qué viene ese «¡ay!»?

JULIA. -Nada. Es que la compadezco.

PROTEO. -¿Por qué la compadeces?

JULIA. -Porque creo que os amaba tanto como amáis a vuestra amada Silvia, y sueña en aquel que ha olvidado su amor, mientras que vos adoráis a quien es indiferente al vuestro. ¿No va a mover a lástima un amor tan mal correspondido? Cuando pienso en estas cosas, no puedo menos de exhalar un «¡ay!».

PROTEO. -¡Bah! ¡Bah! No te preocupes. Dale esa sortija y esta carta. Desde aquí ves su aposento. Adviértele a mi dama que reclamo el retrato que me ha prometido. Cumplida tu misión, te espero en casa, en mi cuarto, donde me hallarás triste y abatido. (Sale PROTEO.)

JULIA. -¿Aceptarían muchas mujeres semejante comisión? ¡Ay, pobre Proteo! Has elegido un lobo para guardar tus corderos. ¡Ay, qué desgraciada soy! ¿Por qué le compadezco si él me desprecia con todo su corazón? Pero no; puesto que le amo, debo compadecerle. Esta misma sortija fue la que le di cuando se alejó de mi lado, para que recordase mi ternura. Y ahora voy a pedir lo que no quisiera alcanzar; y voy a ofrecer lo que quisiera que me rechazaran. Como a amo mío que es, le quiero con amor leal y sincero, pero lealmente no puedo servirle sino, vendiéndome a mí propia. No importa; hablaré por él, aunque con frialdad. El cielo sabe cuánto deseo que fracasen sus esperanzas. (Entra SILVIA, acompañada de una doncella.) Buenos días, gentil señorita. ¿Tendrías la bondad de indicarme dónde puedo hablar con doña Silvia?

SILVIA. -Si fuera yo, ¿qué tendríais que decirme?

JULIA. -Si sois vos, oíd el mensaje que os traigo.

SILVIA. -¿De parte de quién?

JULIA. -De mi amo, el caballero Proteo, señorita.

SILVIA. -¡Qué! ¿Os envía por mi retrato?

JULIA. -Sí, señora.

SILVIA. -(A la doncella.) Úrsula, ve a buscar mi retrato. (Traen un retrato.) Entregad esto a vuestro amo, y decidle de mi parte que cierta Julia, a quien olvida veleidosamente, estaría aquí más apropiada.

JULIA. - (Entregándole una carta.) Señora, tened a bien leer esta carta... Perdón... Distraídamente he entregado un papel por otro. Éste es el billete destinado a vuestra señoría. (Dándole otro papel.)

SILVIA. -Permitidme, por favor, pasar de nuevo la vista por éste.

JULIA. -Perdón. No puedo, señorita.

SILVIA. -(Dándole el primer papel.) Tomad. ¿A qué me voy a molestar en pasar siquiera los ojos por lo que vuestro amo me escribe? Rebosará protestas de amor y contendrá nuevos juramentos, que violará con la facilidad con que rasgo este papel. (Rasgando la carta.)

JULIA. -Además, señorita, me ha entregado esta sortija para vos.

SILVIA. -Y ¿no se avergüenza de mandármela? Mil veces le oí decir que se la había dado su Julia al partir. Aunque su dedo impostor haya profanado esa sortija, no hará el mío ese ultraje a Julia.

JULIA. -Ella os lo agradece.

SILVIA. -¿Qué dices?

JULIA. -Que os agradezco, señora, la deferencia que por ella mostráis... ¡Pobre señorita! ¡Mi amo se porta injustamente!

SILVIA. -¿La conoces?

JULIA. -Como a mí mismo. He llorado mucho pensando en sus pesares.

SILVIA. -Creerá, indudablemente, que Proteo la ha abandonado.

JULIA. -En efecto, y ésa es la causa de su aflicción.

SILVIA. -¿Y es hermosa?

JULIA. -Más lo ha sido de lo que ahora es. Cuando creía que mi amo la amaba era, a mi parecer, tan bella como vos. Pero desde que descuida su tocador y se ha despojado del velo que resguardaba del sol su rostro, el aire ha marchitado las rosas de sus mejillas y oscurecido el lirio de su cara; de modo que, actualmente, es tan morena como yo.

SILVIA. -¿Qué estatura tiene?

JULIA. -Poco más o menos, la mía, porque en la pasada Pascua de Pentecostés, cuando en nuestros ratos de ocio nos dedicábamos a representar obras teatrales, varios jóvenes me vistieron de mujer e hicieron que me pusiera un vestido de la señorita Julia. A todos les pareció que me sentaba aquel vestido como cortado a mi medida; por eso sé que es poco más o menos de mi estatura. Y recuerdo que aquel día la hice llorar mucho, porque desempeñaba yo un papel conmovedor. Era, señora, el de Ariadna, lamentando la infidelidad de Teseo y su fuga desleal. Con tal verdad representaba aquel papel que, conmovida al ver mi llanto, mi pobre señora se deshizo en lágrimas; y muera yo si con mi pensamiento no sentí su dolor como ella misma.

SILVIA. -Ella te lo agradecerá, bondadoso joven... ¡Pobre mujer, solitaria y abandonada! Yo misma lloro por lo que acabas de relatar... Toma, joven, ahí tienes mi bolsa. Te la entrego por el amor de tu dulce señorita, porque la quieres mucho. Adiós. (Sale SILVIA, acompañada.)

JULIA. -Y ella te dará las gracias si alguna vez la conoces. ¡Dama virtuosa, amable y bella! Quien tanto interés muestra por el amor de mi señora, acogerá con frialdad los deseos de mi amo. ¡Ay! ¡Cómo es posible que el amor se burle de sí propio! He aquí su retrato: mirémosle. Con estos atavíos mi rostro sería tan encantador como el suyo. Y sin embargo parece que el pintor la ha favorecido un poco. Sus cabellos son castaños; los míos, de un rubio perfecto. Si tan sólo esa diferencia cautiva el amor de Proteo, me procuraré una peluca del mismo color. Azules como el vidrio son sus ojos; los míos, también, sí, pero su frente es reducida, y la mía despejada. ¿Qué adora, pues, en ella que no pudiera yo hacerle adorar en mí, si Amor no fuese un dios ciego?... Vamos, Julia, sombra de ti misma, llévate esa sombra, porque es tu rival. ¡Oh, miniatura insensible! Serás divinizada, besada, querida, adorada. Porque, si hubiese alguna razón en esta idolatría, a mi persona se dirigirían tales tributos. Te trataré con miramiento, en consideración a tu dueña, que tan afectuosamente me ha tratado. Si no... ¡Ah, si no! Por Júpiter, mis uñas te arrancarían los inanimados ojos, para que mi amo te aborreciera. (Sale.)

****

Acto quinto

Escena primera

Milán. -Una abadía

Entra EGLAMUR

EGLAMUR. -El Sol empieza a vestir de oro el Occidente y ya está cercana la hora en que Silvia debe reunirse conmigo en la celda de fray Patricio. No faltará, pues los amantes son exactos y llegan más bien temprano que tarde; tanto les espolea su impaciencia. Ved dónde viene. (Entra SILVIA.) ¡Felices tardes, señora!

SILVIA. -¡Amén, amén! Apresurémonos, buen Eglamur. Salgamos por la poterna del muro de la abadía. Temo que me siga alguien.

EGLAMUR. -No temáis. El bosque distará de aquí unas tres leguas. Cuando le alcancemos ya no habrá peligro. (Salen.)

Escena II

La ciudad. -Aposento en el palacio del Duque

Entran TURIO, PROTEO y JULIA

TURIO. -Señor Proteo, ¿qué dice Silvia acerca de mis galanteas?

PROTEO. -¡Oh, señor! Se ha ablandado algo; y, no obstante, aún encuentra peros en vuestra persona.

TURIO. -¡Cómo! ¿Dirá que tengo las piernas demasiado largas?

PROTEO. -No, sino demasiado flacas.

TURIO. -Calzaré botas para redondearlas.

JULIA. - (Aparte.) Pero no hay espuela capaz de aguijonear el amor y hacerle amar lo que odia.

TURIO. -¿Qué dice de mi rostro?

PROTEO. -Que tenéis la tez blancuzca.

TURIO. -Pues miente la bribona, mi cara es morena.

PROTEO. -Pero las perlas son blancas, y ya sabéis el antiguo proverbio «Los morenos son perlas a los ojos de las mujeres bonitas.»

JULIA. - (Aparte.) En verdad, perlas como tú jamás atraerán las miradas de las mujeres. Más bien cerraría yo los ojos para no verlas.

TURIO. -Y mi conversación, ¿qué le parece?

PROTEO. -Mala cuando habláis de guerra.

TURIO. -¿Pero buena cuando de paz y de amor?

JULIA. - (Aparte.) Sólo es amena cuando das paz a los labios.

TURIO. -¿Qué dice de mi valor?

PROTEO. -¡Oh, señor! Sobre eso no le cabe duda.

JULIA. - (Aparte.) No podía tenerla, conociendo tu cobardía.

TURIO. -¿Y de mi nacimiento?

PROTEO. -Que venís de rancia estirpe.

JULIA. - (Aparte.) Lo que no impide que de caballero vengas a necio.

TURIO. -¿Concede importancia a mis posesiones?

PROTEO. -¡Oh, sí! Y las lamenta.

TURIO. -¿Por qué?

JULIA. - (Aparte.) Porque las disfruta un asno como tú.

PROTEO. -Por hallarse enajenadas.

JULIA. -Ahí viene el duque. (Entra el DUQUE.)

DUQUE. -Felices, señor Proteo. Felices,

Turio. ¿Quién de vosotros ha visto hoy a Eglamur?

TURIO. -Yo no.

PROTEO. -Ni yo.

DUQUE. -¿Habéis visto a mi hija?

PROTEO. -Tampoco.

DUQUE. -Pues entonces no me cabe ya duda de que se ha fugado, en compañía de Eglamur, para reunirse con ese miserable de Valentín. No hay duda, porque fray Lorenzo, les ha encontrado a los dos en el bosque, por donde pasaba para hacer penitencia. A Eglamur le ha reconocido desde luego. A Silvia no, porque iba disfrazada, pero sospecha que era ella. Por otro lado, mi hija tenía intención de ir a confesarse esta tarde a la celda de fray Patricio y no ha aparecido por allí. Estos indicios corroboran su fuga. Por consiguiente, os ruego ahorrar tiempo en palabras y montad a caballo y venid a encontrarme en la vertiente de la montaña, en dirección a Mantua, pues por allí han huido. Daos prisa, apreciables caballeros, y seguidme. (Sale.)

TURIO. -¡Vaya! Se necesita ser una muchacha loca para huir de la felicidad. Iré a buscarla, más por vengarme de Eglamur que por amor a esa ligera Silvia. (Sale.)

PROTEO. -Y yo te seguiré, más por amor a Silvia que por odio a Eglamur, en cuya compañía se ha fugado. (Sale.)

JULIA. -Y yo también iré, pero más por impedir ese amor que por rencor a Silvia, a

quien el amor la ha impulsado a fugarse. (Sale.)

Escena III

Fronteras de Mantua. -El bosque

Entran BANDIDOS, con SILVIA

BANDIDO 1.º-Venid, venid; tened paciencia. Vais a comparecer ante nuestro capitán.

SILVIA. -Un millar más de desgracias me han enseñado a soportar ésta pacientemente.

BANDIDO 2º. -Vamos, conducidla.

BANDIDO 1.º -¿Y el caballero que iba con ella?

BANDIDO 3.º -Era ágil de pies y se nos ha escapado, pero Moisés y Valerio le siguen. (Al 1.º) Ve tú con ella al extremo occidental del bosque; allí está el capitán. Nosotros vamos a ojear al que se ha evadido. Nuestros camaradas están escalonados en todo el lindero del bos- que; es imposible que se escape. (Salen todos, excepto el BANDIDO 1.º y SILVIA.)

BANDIDO 1.º -Venid, voy a conduciros a la cueva de nuestro capitán. Nada temáis; es de carácter noble e incapaz de faltar al respeto a una mujer.

SILVIA. -¡Oh, Valentín! Por ti sufro esto.

(Salen.)

Escena IV

Otra parte del bosque

Entra VALENTÍN

VALENTÍN. -¡Cuánto puede en el hombre la costumbre! Esta soledad sombría, estos bosques desiertos, me causan más placer que las populosas y florecientes ciudades. Aquí puedo sentarme solo, ausente de todas las mirarlas; y aquí puedo juntar a los trinos lastimeros del ruiseñor mi voz doliente y los acentos de mi dolor. ¡Oh, tú que habitas en mi pecho, no dejes tu morada tanto tiempo vacía, si no quieres que cayendo a pedazos se desplome el edificio y no deje memoria de lo que fue! ¡Silvia, aliéntame con tu presencia! ¡Tú, ninfa amorosa, consuela a tu desolado pastor! (Ruido dentro.) ¿Qué gritos y alborotos se sienten hoy en el bosque? Serán mis compañeros, sin más ley que su voluntad. Sin duda persiguen a un infeliz viajero. Aunque me profesan gran afecto, con dificultad puedo impedir que cometan actos brutales. ¿Quién se acerca? Ocúltate, Valentín. (Se oculta. Entran PROTEO, SILVIA y JULIA.)

PROTEO. -Señora, todo esto lo hago por vos. Por grande que sea vuestra indiferencia, os he prestado este servicio exponiendo mi vida. Os he librado de las manos de los que querían violentar vuestro honor y vuestro amor. Dignaos recompensarme con sólo una mirada bienhechora. No puedo pedir más y seguramente no me concederéis menos.

VALENTÍN. -(Aparte.) ¡Sueño me parece cuanto veo y oigo! ¡Amor, dame paciencia para contenerme por algunos instantes!

SILVIA. -¡Oh, miserable! ¡Desgraciada de mí!

PROTEO. -Desgraciada antes de venir yo, señora, pero mi llegada os ha hecho feliz.

SILVIA. -Vuestra presencia me hace la más desgraciada de las mujeres.

JULIA. -(APARTE.) Y a mí también cuando está junto a ti.

SILVIA. -Si un león hambriento me hubiera desgarrado, preferiría servirle de presa a deber mi libertad al traidor Proteo. ¡Oh, cielos! Os tomo por testigos de que tanto cuanto amo a Valentín, vida para mí tan querida como mi alma, tanto -porque más es imposible- detesto al falso y perjuro Proteo. Huye, pues, y no insistas más.

PROTEO. -¡Llevaría a cabo la acción más arriesgada, aunque en ella perdiera la vida, por obtener de vos una sola mirada cariñosa! ¡Oh, maldición del amor es amar a una mujer y no ser amado!

SILVIA. -¡Amado de una mujer y no poder Proteo amarla! Lee en el corazón de Julia, tu primer amor apasionado, por quien en otra época rasgaste tu fe en mil juramentos que, por amarme, han venido a parar en perjurios. Y ahora ya no tienes fe, a no ser que tengas dos, que es peor que no tener ninguna. Más vale no tener fe que tenerla doble, porque sobra una, traidor a tu mejor amigo.

PROTEO. -¿Quién respeta la amistad en amor?

SILVIA. -Todos los hombres, menos tú.

PROTEO. -¡Pues bien! Puesto que palabras de cariño no bastan para que me tengas sentimientos más afectuosos, triunfaré de ti a lo soldado, a punta de espada y fuera del verdadero amor. ¡A la fuerza!

SILVIA. -¡Cielos!

PROTEO. -¡Te obligaré a rendirte a mis deseos!

VALENTÍN. -(Apareciendo.) ¡Rufián! ¡Falso y miserable amigo! ¡Aparta esas manos!

PROTEO. -¡Valentín!

VALENTÍN. -¡Amigo vulgar, sin afecto ni fe! ¡Como todos! ¡Traidor, como todos los hombres! Has burlado mis esperanzas. ¡Hubiera necesitado verlo con mis propios ojos para creerlo! ¡Ya no me atreveré a decir que tengo un solo amigo en el mundo! ¿De quién fiarse, cuando la mano derecha ha vendido al corazón? Proteo, no te llames más mi amigo. Por ti me veo obligado a levantar entre el mundo y yo una barrera. Las heridas íntimas son las más profundas. ¡Horas de maldición! ¡De todos los enemigos ha de ser un amigo el peor!

PROTEO. -¡Me anonadan mi crimen y mi vergüenza! ¡Perdóname, Valentín! Si un dolor verdadero es bastante para expiar mi falta, te lo ofrezco aquí mismo. ¡La amargura de mis remordimientos iguala a mi crimen!

VALENTÍN. -Entonces, todo está reparado y te devuelvo mi confianza. Quien no se satisface con el arrepentimiento no es del Cielo ni de la Tierra, porque Cielo y Tierra perdonan. La penitencia aplaca la cólera del Eterno. Y pues mi afecto aparece franco y libre, todo cuanto te tuve torno a entregártelo en honor de Silvia.

JULIA. -¡Desgraciada de mí! (Desmayándose.)

PROTEO. -¿Qué le pasa a este mozo?

VALENTÍN. -¡Ea, joven! ¿Qué es eso, muchacho? ¿Qué os sucede? Abrid los ojos... Hablad.

JULIA. -¡Oh, buen señor! Mi amo me mandó entregar una sortija a la señorita Silvia y me he olvidado.

PROTEO. -¿Dónde está esa sortija, joven?

JULIA. -Aquí; tomad. (Dándole una sortija.)

PROTEO. -A ver... ¡Cómo! ¡El anillo que di a Julia!

JULIA. -Dispensadme, señor; me equivoqué. Aquí está la sortija que mandasteis a Silvia. (Presentándole otra sortija.)

PROTEO. -Pero ¿cómo puedes tú tener esta sortija?... Es la que a mi partida di a Julia.

JULIA. -(Descubriéndose.) Y Julia me la dio y Julia en persona es quien la trae.

PROTEO. -¡Cómo! ¡Julia!

JULIA. -¡Reconoce a aquella a quien has hecho tantos juramentos y los ha guardado religiosamente en su corazón! ¡Cuántas veces los has profanado con falsedades! ¡Oh, Proteo! Haga este vestido que te avergüences. Avergüénzate de haberme obligado a ponerme un vestido semejante, si es que puede haber algo vergonzoso en un traje que el amor ha inspirado. Pero ante el pudor, menos afrenta hay en la mujer con cambiar de traje que en el hombre con cambiar de sentimientos.

PROTEO. -¡Que en el hombre con cambiar de sentimientos! Es verdad. ¡Oh, cielos! El hombre sería perfecto si fuera constante. Este solo defecto es origen de todas sus faltas, y le arrastra a todos los pecados. La inconstancia renuncia antes de haber empezado. ¿Qué hay en el rostro de Silvia que constantes mis ojos no puedan hallar con más lozanía aún en Julia?

VALENTÍN. -Vamos, vamos, una mano cada uno. Que tenga yo la ventura de realizar tan feliz conclusión. Sería lamentable que dos amigos como vosotros estuvierais mucho tiempo enemistados.

PROTEO. -(Abrazando a JULIA.) Pongo al Cielo por testigo de que están colmados mis deseos.

JULIA. -¡Y los míos! (Entran los BANDIDOS con el DUQUE y TURIO.)

LOS BANDIDOS. -¡Una presa! ¡Una presa! ¡Una presa!

VALENTÍN. -¡Deteneos, deteneos, os mando! Es mi señor el duque. Sea bien venido Vuestra Gracia a presencia de un hombre desgraciado, del proscrito Valentín.

DUQUE. -¡Señor Valentín!

TURIO. -Allí está Silvia, y Silvia es mía.

VALENTÍN. -¡Turio, atrás o de lo contrario contempla tu muerte! Mantente a distancia de mi cólera. Y no digas que Silvia es tuya, porque, si lo repites, Verona no te vuelve a ver. ¡Mírala ante ti; atrévete sólo a tocarla con el aliento!

TURIO. -Ningún caso hago ya de ella, señor Valentín. Loco por demás es quien arriesga la vida por una mujer de quien no es amado. Por nada del mundo la aceptaría, y por consiguiente, tuya es.

DUQUE. -Eres el más degenerado y vil de los hombres por renunciar así a ella, después de todo lo que has hecho por obtenerla... Valentín, por la gloria de mis antepasados, aplaudo tu valerosa conducta y te creo digno del amor de una emperatriz. Aquí abjuro, por tanto, de todos los agravios del pasado, olvido mi enemistad anterior y te llamo de nuevo a mi corte. A tu mérito sin igual se debe una satisfacción. Yo mismo lo proclamo y te digo: «Valentín, eres un hidalgo del mejor abolengo; toma a tu Silvia, porque la has merecido.»

VALENTÍN. -Gracias a Vuestra Alteza. Ese don colma mi felicidad. Permitidme ahora que, en nombre de vuestra hija, os pida una gracia.

DUQUE. -Concedida, cualquiera que sea, en consideración a ti.

VALENTÍN. -(Presentando a los BANDIDOS.) Estos desterrados, con quienes he vivido, son hombres de apreciables cualidades. Perdonadles aquí lo que han hecho y levantadles el destierro. Están corregidos, civilizados, llenos de buenos sentimientos, y el Estado podrá emplearlos útilmente, digno señor.

DUQUE. -Accedo a cuanto digas. Les perdono como a ti. Dispón de ellos, tú que conoces los méritos de cada cual. Ahora marchemos; vamos a celebrar nuestras avenencias con fiestas, regocijos y espléndidas solemnidades.

VALENTÍN. -Y mientras vamos andando, me tomaré la libertad de hablar con Vuestra Alteza y hacerle sonreír. ¿Qué me decís de ese paje, señor?

DUQUE. -Es un joven que no carece de

gracia... ¡Se ruboriza!

VALENTÍN. -Os garantizo, señor, que tiene más gracia de la que le es dado tener a un joven.

DUQUE. -¿Qué quieres significar?

VALENTÍN. -Si gustáis, os lo contaré andando, y os maravillaréis de lo que ha sucedido... Ven, Proteo; tu único castigo consistirá en escuchar el relato del descubrimiento de tus amores. Hecho lo cual, un mismo día será tu casamiento y el mío. Y no tendremos más que una fiesta, una casa, una mutua felicidad. (Salen.)

FIN